5개국에 집을 두고
일하고 공부하고 여행하는
나는 노마디스트

5개국에 집을 두고
일하고 공부하고 여행하는
나는 노마디스트

손 켄 지음

북루덴스

차례

제1장

내 집을 찾아

뉴욕의 첫날 밤

　뉴욕으로 유학을 떠났다. 노어노문학을 전공한 나는 뉴욕에 가서 동시통역사가 되고 싶었다. 뉴욕을 선택한 이유는 이 도시가 다른 어느 도시보다도 개인이 누리는 자유가 크고 사회의 간섭이 적다고 생각했기 때문이다. 금전적으로 궁핍한 생활을 해야 하고, 물가가 비싼 뉴욕에서 바닥부터 시작해야 하며, 높은 범죄율과 외로움을 견뎌내야 하는 등 두려움도 컸지만, 간섭받지 않고 자유롭게 내 생활을 시작할 수 있다는 기대가 더 컸다.

　뉴욕 땅을 처음 밟은 그날, 나는 첫눈에 뉴욕과 사랑에 빠졌다. 내가 가장 아끼는 친구를 만난 곳도 뉴욕, 내가 꿈꾸어온 자유로운 생활이 눈앞에 다가온 곳도 뉴욕이었다. 또한 뉴욕은 그전까지 당연하게 받아들였던 가치관이 바뀌기 시작한 장소였다.

당시 뉴욕은 범죄 발생률이 극에 달해, 저녁이면 길거리에서 총소리와 앰뷸런스 사이렌 소리가 뒤섞여 들려왔다. 존에프케네디 공항에 내려, 지금은 파산해 없어진 캐리버스를 타고 설렘 반 두려움 반으로 창밖을 보고 있는데, 첫 번째 정거장인 그랜드센트럴 역에 도착했다. 무뚝뚝한 운전사가 내 가방을 짐칸에서 꺼내 집어던지듯이 건네주었다.

나는 미국에 아는 사람이 없었다. 도착한 날 밤은 42스트리트 9애비뉴에 있는 YMCA에 머물 예정이었다. 무식하면 용감하다고, 42스트리트는 해가 지면 총성이 울리고 건물의 으슥한 방마다 섹스와 마약이 판을 친다는 사실도 모른 채, 한 손으로는 큼지막한 가방을 질질 끌고, 한 손으로는 지도를 펼쳐 든 채 몇 블록을 지나갔다. 30분쯤 지나자 눈앞에 빨간 벽돌로 지은 15층 정도의 YMCA 건물이 나타났다. 허드슨 강물에 비쳐 어른거리는 석양이 아름다웠다. 로비는 숙박업소 프런트인지 슈퍼마켓 계산대인지 헷갈릴 만큼 젊은이들로 북적였고, 지저분하고 이상한 냄새도 났다. 나는 '사서 하는 고생'은 각오가 되어 있었고, 그날 밤 내가 머물 방 하나만 구하면 되었다. '1박 45달러'라는 문구가 보였다. 그런데 프런트에서 말하길, 빈방이 없단다. '첫날 숙박비가 50달러를 넘기면 안 되는데……' 가까운 곳에는 비싼 호텔밖에 없었고, 시곗바늘이 어느덧 밤 10시를 향해 가는데 결정을 내려야 했다. 로비 구석에 외국인 학생들을 위해 세워놓은 자원봉사 데스크가 있었다. 거기에 물어보니 다운타운에 싼 방이 있다고 한다. 가톨릭 성당에서 운영하는 게스트하우스인데 하룻밤에 29달러라고 했다.

묻고 물어 게스트하우스에 도착했으나 거기도 만실이었다. 성당 관계자가 나를 안쓰럽게 쳐다보며 다른 호스텔 주소를 적어주었다. 방금 들렀던 YMCA와 가까운 곳이지만 좀 더 서북쪽의 위험한 지역이었다. 다시 가방을 끌며 길을 거슬러 올라가 그 호스텔 앞에 도착해 벨을 눌렀다. 그러자 베트남계로 보이는 여자 종업원이 나온다. 하룻밤 잘 방을 구한다고 하니 오늘 밤 그곳도 방이 없단다. 희망이 무너지는 순간이었다. 이미 자정을 지났다. 나는 종업원을 붙들고 하소연했다. 오늘 뉴욕에 도착해서 여기까지 오게 된 이야기. 더는 갈 곳이 없다는 이야기……. 내가 불쌍해 보였는지 종업원이 그럼 15달러를 내고 휴게실 마루에서 자라고 한다. 똘똘 말아 가지고 온 10달러짜리 뭉치에서 한 장을 빼고, 1달러를 다섯 장 세어 내밀었다.

나는 1층 안쪽에 위치한 휴게실로 가서 돈이 든 전대를 허리에 붙들어 매고 새우처럼 웅크려 누웠다. 힘들긴 했지만 그래도 다행이었다. 나는 감사한 마음으로 뉴욕의 첫 밤을 보냈다.

다음 날 눈을 뜨니 몸을 펴지 못하고 자서 그런지 허리가 욱신거렸다. 하지만 젊을 때는 날이 밝으면 모든 것이 새롭고 긍정적으로 보이게 마련이다. 새 생활에 대한 기대감으로 마음이 설레었다. 학교에 등록금으로 낼 소중한 돈이 제대로 있는지 전대를 확인하고 프런트로 갔다. 나중에 알게 됐는데, 그 호스텔은 베트남 가족이 주정부의 지원을 받아 운영하는 곳으로 무주택자와 노인이 많이 머물고 있었다. 마침 그날부터 빈 침대가 하나 있다고 해서 하루 27달러씩 일주일치 요금을 미리 내고 방에 가보니 모두 여섯 명이 머물고 있었다. 3단으로 된 벙크베드가 두 개 있는데, 다행히 나는 자다가 떨어져도 죽지 않을 높이의 중간층 베드를 배정받았다. 가방을 놓고 나오는데 옆방에서 학생으로 보이는 동양인이 나오며 "하이!" 인사를 한다. 싱가포르에서 유학을 왔다는 그는 이틀 전에 이 호스텔에 왔다고 했다. 그렇게 그날 아침 나의 첫 룸메이트가 될 친구를 만났다. 그 친구가 지금까지 내가 존경하는 명상 선생님이 될 줄은 그때는 몰랐다.

오! 카츄시카

　다음 날, 그 싱가포르 친구 밍과 함께 맨해튼을 뺑뺑 돌고 돌아, 으스름하지만 꽃시장이 쭉 늘어서 있고, 창고가 많아 저녁에는 조용한 미드타운 웨스트 지역에서 아파트를 하나 구했다. 지금 생각하면, 먼저 세 들어 살던 학생이 법을 위반하며 우리를 세입자로 받아들인 것 같다. 나는 복도를 막아 잠자리를 마련했고, 밍의 방은 말 그대로 옷장 안이었다. 내 집세는 한 달에 285달러, 밍의 집세는 180달러였다.

　밍은 그 집으로 옮기는 날 맨해튼 차이나타운에서 바퀴가 달린 침대 프레임과 매트리스를 85달러에 사서 맨해튼 40블록을 그 깡마른 몸으로 낑낑거리며 끌고 왔다. 둘이 힘을 합해 침대와 매트리스를 2층까지 올리긴 했으나, 옷장에 마련한 밍의 방이 너무 작아 잘 들어가지 않았다. 침대 다리를 접고 매트리스를 구부려 욱여넣고 나니 이제는 사람이 들어갈 자리가 없어졌다. 그 후로 놀러온 친구들은 모두 그 침대 위에서 대화하고, 먹고, 춤도 추었다.

나는 뉴욕대 대학원에서 만난 한국인 박사과정 선배가 쓰던 매트리스를 받았으나, 그것을 집까지 어떻게 운반하느냐가 문제였다. 바퀴도 없을뿐더러 선배 집에서 우리 집까지 가려면 35블록이나 가야 했다. 밍이 도와주기로 해서, 양쪽에서 매트리스를 들고 지하철 개찰구로 들어가려 하니, 직원이 안 된다고 손을 흔든다. 할 수 없이 다시 지상으로 올라와 버스를 기다렸다. 버스 운전사도 안 된다고 고개를 젓는다. 그렇다면 방법은 딱 한 가지! 걸어서 운반하는 수밖에 없다. 엎친 데 덮친 격으로 비까지 내리기 시작했다. 친구와 나는 양쪽에서 매트리스를 잡고 열심히 걸었다. 매트리스는 젖어가지만, 비가 오는 게 차라리 더 좋았다. 사람들의 시선을 덜 받으니까.

그렇게 가져온 매트리스는 세워두고 사흘을 말려야 했다. 그 후로도 이사할 때마다 그 매트리스를 꼭 갖고 다녔다. 나는 이사를 참 많이 했다. 처음에는 잘 도와준 친구들도 이삿짐 나르느라 힘들었는지 나중에 이런 말을 하기도 했다.

"내가 네 친한 친구이긴 하지만 이제 이사는 도저히 못 도와주겠어."

뉴욕에 도착해 3주쯤 지났을 때다. 이사업체에서 연락이 왔다. 한국을 떠나기 전 배로 부친 짐이 도착했다는 것이다. 집에서 집까지 배송하는 도어 투 도어door to door가 아니라 가격이 더 싼 도어 투 포트door to port 방식을 택했기에 항구 근처까지 가서 직접 짐을 찾아와야 했다. 나는 짐을 넣을 가방 두 개를 들고 집을 나섰다. 항구 가까이에 위치한 뉴저지의 보세창고 지역은 찾아가기가 무척 불편했다. 뉴욕 시내에서 뉴저지 남부를 연결하는 패스 트레인pass train을 타고, 버스터미널에 내려, 거기서 시외버스로 갈아타고 보세창고 지역까지 가야 했다. 버스 운전사가 주소를 보더니, 내가 내리는 정거장에서 30분 거리를 더 걸어가야 한다고 했다. 걷는 것은 자신 있었다. 그렇지만 막상 내려보니, 고속도로 길가에는 걷는 사람이 나 말고는 한 사람도 없을 뿐 아니라 화물차들이 쌩쌩 달려 위험하기 짝이 없었다. 나는 고속도로 난간 밖으로 나가 걸었다. 1201호, 1203호, 1205호……. 보세창고 주소를 하나하나 확인하며 걷고 있는데, 비가 내리기 시작했다. 슬며시 무서운 생각이 들어 노래를 불렀다. 그렇게 가다 보니 마침내 내가 찾는 창고가 나타났다. 반가워 뛰어들어갔지만, 문제는 지금부터 시작이었다.

트럭으로 가득 찬 창고에는 접수대가 하나 있었다. 뽀빠이를 괴롭히는 브루투스처럼 생긴 남자가 그 접수대에 다리를 걸치고 앉았는데, 내가 내민 편지를 받고는 귀찮은 듯이 여기저기 서명하라고 했다. 시키는 대로 서명을 마치고 나니, 나무로 짠 대형 컨테이너용 박스 두 개를 브루투스가 가리키며 가져가라는 게 아닌가! 내 짐을 대형 컨테이너 박스에 넣고 나무판을 짜 씌운 것 같았다. 달랑 가방 두 개만 들고 온 나는 아찔했다. 근처에는 택시도 없고, 사람도 없고, 공중전화도 없었다. 브루투스가 내 차가 어디 있느냐고 묻는다. 그 순간만큼 나 자신이 멍청하고 처량하다고 느낀 적은 없었다.

나는 머릿속이 하얘져 밖으로 뛰어나왔다. 비는 내리고 화물차가 쌩쌩 지나가는 고속도로 옆에 쪼그려 앉으니 눈물이 쏟아져 나온다. 왜 이런 일을 생각도 하지 못했을까? 자괴감이 밀려들었다. 그때였다. 저 멀리서 빗줄기를 뚫고 달려오는 트럭에 한국어로 적힌 글자가 보였다. 88올림픽 운송회사! 나는 벌떡 일어섰다. 위험을 무릅쓰고 고속도로에 다가가 세워달라고 손을 흔들었다. 트럭이 서면서 물방울이 튕겼다.

차창이 내려가자 중년의 한국 아저씨 얼굴이 보였다.

"아저씨, 죄송합니다. 좀 도와주세요."

울며 사정을 말했다. 아저씨가 빨리 올라타라고 손짓을 한다. 옆자리에 나를 태운 아저씨는 가까운 출구로 나와 차를 멈추고는 물었다.

"점심은 먹었니?"

"아니요."

아저씨가 크림치즈를 바른 베이글을 반으로 잘라 내밀었다.

내가 오물거리며 베이글을 먹는 동안 아저씨는 보세창고 쪽으로 트럭을 몰았다. 창고 직원에게 팁 20달러를 건네니 집채만 한 컨테이너 박스를 기계로 올려 트럭에 실어준다.

아저씨는 30분을 달려 자기 회사에 도착해서는 박스를 둘러친 나무판을 다 떼어냈다. 그러고는 고맙게도 내가 사는 맨해튼까지 짐을 실어다주었다.

그때만 생각하면 마음이 겸허해진다. 간절히 원하면 세상은 내게 천사를 보내주나보다. 이제는 무턱대고 돌진하기보다는 상황을 예상하고 준비해야 한다는 것을 그 사건에서 배웠다. 이 모든 것이 내가 앞으로 살아나가기 위해 배우는 과정이라 생각하니 기쁘고 감사했다.

네 번째 이사한 곳은 이스트 빌리지의 세인트 마크 플레이스였다. 지금은 굉장히 유명한 장소가 됐지만, 그 당시는 머리를 정수리까지 밀어올리고 남은 머리칼을 색색으로 물들인 펑크족들이 진을 친 곳이었다. 내가 구한 아파트는 가파른 계단을 4층까지 올라가야 해서 늘 불만이었다. 그러던 어느 날, 5층에 우크라이나 할머니가 사는 것을 알고 불평을 그만두었다. 이름이 로자인 그 할머니는 무척 친절하고 입가에 미소가 떠나지 않았다. 고향 우크라이나에서 무척 고생하며 살았던 터라 미국을 늘 고맙게 여겼다. 장을 봐온 무거운 봉지를 들고 계단을 힘들게 올라가면서도, 내가 도와주겠다고 하면 언제나 사양했다. 지금도 나는 뉴욕 아파트에 로자 할머니가 손수 만들어준 우크라이나식 바늘꽂이를 간직하고 있다. 색색의 실로 곱게 수를 놓은 바늘꽂이다.

그 낡은 이스트 빌리지 4층 아파트는 대학원 게시판에 붙여져 있는 광고로 알게 되었다. 어느 날, 방이 두 개인데도 가격이 엄청나게 싼 아파트 광고가 올라온 것이다. 싼 게 비지떡이려니 하면서도 혹시나 하는 마음으로 집을 보러 갔다. 만약 이 집으로 옮긴다면 뉴욕에 와서 일 년 반 안에 네 번째 이사하는 것이 된다. 아! 유스호스텔에서 지낸 것까지 치면 다섯 번이다.

집주인은 로커 같은 헤어스타일을 한 30대 중반의 폴란드계 뉴요커였다. 인사를 하고 들어가니, 햇볕은 찔끔 들어오다 말고, 여기저기 너저분한 것이 청소를 몇 년은 하지 않은 것 같았다. 거실에는 나무판자가 널려 있고(마루를 뜯어고칠 때 사용한다나?) 화장실은 한 사람이 서 있기에도 비좁다. 나는 그런 평범한 단점에는 눈을 질끈 감고 변기 물이 잘 내려가는지, 온수는 잘 나오는지, 대문에 자물쇠가 적어도 세 개는 있는지 등 중요한 생존 여건을 점검했다. 모두 합격이었다. 내가 미소를 지으며 "아주 좋네요!" 하려는 순간이었다. 고양이 한 마리가 '야옹' 하며 주인 방에서 살금살금 나온다. 멈칫했다. 나는 어릴 때부터 고양이와는 친한 사이가 아니었다. 고양이와 살아야 하나?

그때 집주인이 내 얼굴을 살피며 말한다.

"나는 대체로 여자 친구 집에서 시간을 보내니까 집에는 거의 없어요('와우, 매우 긍정적인 포인트!'). 그러니까 당신이 고양이 카츄시카를 돌봐줘야 해요('이런, 젠장!')."

어떻게 할까 망설이는데 초인종이 울린다. 나처럼 집을 보러 온 사람이었다. 나는 서둘러 수표책을 꺼내 두 달치 집세를 선금으로 지불했다.

카츄시카는 사람이 그리웠는지 툭하면 그르렁댔다. 특히 내가 학교에서 돌아오면 울음소리의 데시벨이 올라가고 울음의 빈도가 잦아졌다. 나는 카츄시카의 응가 박스를 갈아주고, 밥을 접시에 놓아주고는 잽싸게 내 방으로 들어간다. 그러고는 오디오 세트의 볼륨을 높여 음악 소리로 카츄시카가 문밖에서 야옹거리는 소리를 묻어버린다.

이런 상황이 두 달쯤 반복되던 어느 날이었다. 도서관에서 늦게 돌아와 평소처럼 카츄시카에게 해줄 것을 다 해준 다음 내 방에서 잠이 들었다. 그날 밤 꿈이 어수선했다. 뱀 한 마리가 목을 조르는 악몽이었다. 소스라치며 깨어나니 카츄시카가 배 위에 앉아 꼬리로 내 목을 건드리고 있는 게 아닌가! 너무 피곤한 나머지 방문 잠그는 것을 깜빡했나보다. 나는 기겁하며 일어나 팔로 카츄시카를 밀쳐냈고, 그 서슬에 놀란 카츄시카는 내 이마에서부터 목울대까지 발톱으로 길쭉한 선을 그어놓았다. 선은 곧 핏빛으로 물들었고 목 부분은 살점까지 떨어져 나갔다.

2주 후 나는 한 블록 위쪽에 있는 다른 아파트로 마지막 남은 이삿짐을 옮겼다.

강자의 장점은 내 것

뉴욕대 대학원에서 러시아어를 전공하며 세 학기가 지나는 동안, 아무래도 계획을 수정해야겠다는 생각이 들었다.

뉴욕에는 러시아에서 온 이민자가 많았다. 러시아어를 모국어로 하는 중앙아시아 출신 유학생도 많았다. 이런 상황에서 내 러시아어 실력으로는 동시통역은커녕 웬만한 일자리도 구하기 힘들다는 것을 깨달았다. 뉴욕의 택시 운전사 중에는 타국에서 유학 왔다가 운전사로 눌러앉은 사람이 수두룩하다. 나도 그렇게 되지 않으란 법 있겠는가? 미국 학생들은 나로서는 난생 처음 들어보는 여름 인턴 과정을 마친 다음 3학기 준비를 했고, 졸업을 앞둔 학생들은 〈월스트리트저널Wall Street Journal〉에서 정보를 얻으며 취업 준비에 전념했다. 내가 한국에서 쌓은 지식이 그렇게 쓸모없게 느껴질 수가 없었다. 노동 허가증이 없는 외국 학생들은 대학원을 마치고 일 년 안에 현지에서 직장을 구해야 체류 기간을 연장할 수 있다. 미래를 생각한다면, 직업의 종류나 직장의 위치를 따지기보다 더 치밀한 태도가 필요했다. 자기 자신도 잘 분석해야 하지만, 주변 정세에도 민감해야 했다.

1980년대 중반은 일본이 세계 경제 대국의 자리를 놓고 미국과 경쟁하던 시기였다. 미국으로 수학여행 가는 일본의 중고등학교 학생들이 비행기를 가득 채웠고, 일본 투자자들이 캘리포니아의 유명한 골프 코스 페블비치Pebble Beach를 사들이고, 일본 재벌 미쓰비시가 뉴욕의 록펠러센터를 매수하고, 소니가 컬럼비아영화사를 인수했다. 뉴욕의 고급 레스토랑마다 일본어로 된 메뉴가 일본 손님을 기다리고, 뉴욕은행은 일본어를 할 줄 아는 미국인을 채용했다. 날생선은 입에도 대지 않던 뉴요커들이 스시를 고급 음식으로 받아들였고, 당대의 팝스타 마돈나가 기모노를 입고 공연하기도 했다.

나는 강자의 장점을 빨리 익혀 내 것으로 만드는 생활습관을 다지기로 마음먹었다. 그때부터 일본어를 밤낮없이 공부했다. 다행히 주위에 일본 유학생 친구가 많아 친절하게 가르쳐주었다. 아르바이트 하랴, 졸업 시험 준비하랴 숨 쉴 틈 없이 바빴지만, 뉴욕에 도착한 첫날을 생각하면 무엇이라도 할 수 있는 용기가 있었다.

나보다 10년 먼저 이민 온 선배 누나의 가족이 뉴욕 시내에서 '델리'라는 식당을 운영하고 있었다. 어느 날, 그 누나가 수업을 마치고 일을 도와주러 가야 한다기에 나도 따라갔다. 주방에서 누나의 아버지는 햄을 썰고, 어머니는 마요네즈, 머스터드, 채소를 넣은 샌드위치를 만들며 계산대까지 보느라 정신이 없었다. 누나는 재빨리 계산대로 가서 주문 접수와 결제를 시작했고, 나는 주방 뒤쪽에서 멕시코인 종업원과 함께 빵 포대와 채소, 햄 뭉치를 날랐다. 주문 전화가 끊임없이 울리는데, 누나의 어머니가 부탁을 한다. 이번에 배달할 것이 많으니까 멕시코인 종업원과 같이 근처 사무실로 배달을 도와달라는 것이다.

샌드위치와 여러 스낵을 주문한 사무실은 빌딩 32층에 위치했는데 일본 대기업의 뉴욕 지사였다. 분주하게 움직이는 직원들 중에는 지난주에 파티에서 만났던 일본인 친구도 있었다. 갑자기 창피하다는 생각이 들었다. 그 친구의 눈에 안 띄려고 고개를 돌리고 있는데, 비서로 보이는 여자가 팁으로 10달러를 쥐여준다. 그때의 심정을 어떻게 표현해야 할까! 하지만 나는 돈 버는 것을 부끄럽게 여기지 말자고 생각했다. 배달을 마치고 가게로 돌아오니 한숨을 돌린 어머니가 큼지막한 로스트비프 샌드위치에 드레싱을 듬뿍 발라 건네준다. 맛있었다.

러시아어와 함께 일본어를 열심히 공부한 것이 그 나름대로 쓸모가 있었다. 대학원을 졸업한 나는 유엔 관련 기관에 들어가 로테이션 훈련을 마친 후, 유엔이 소유한 호텔의 경영 및 마케팅부에 지원했다. 호텔경영과 마케팅 훈련을 받고, 외국 출장을 다녀오고, 언어와 예절교육을 받았다. 또한 생전 처음으로 대차대조표를 작성하고, 마케팅 계획을 수립하고, 유엔 대표들에게 설문조사를 실시해 그 결과를 경영에 반영하는 업무도 담당했다. G7 회담의 장외 회의 운영권을 유치해 관리자들에게 칭찬을 받기도 했다. 하지만 인문학을 전공한 나로서는 한계가 있었다. 대학원 수준의 금융이나 마케팅을 배우지 않으면 경영자로 승진하기는 힘들 것 같았다.

동시통역에서 호텔경영과 마케팅으로 방향을 튼 나는 계획을 다시 수정할 시간이 왔다는 것을 느꼈다. 이번에는 창의적인 요소보다 내 미래의 커리어를 신중히 고려하는 게 필요했다. 그때쯤에는 뉴욕에서 친구도 많이 사귀었고 조언을 구할 만한 지인도 제법 생겨서 여러 사람과 상의할 수 있었다. 그 결과 호텔경영학보다는 경영학 석사MBA 과정을 밟는 것이 학위 취득 후 운신의 폭이 훨씬 넓어질 거라는 결론을 내렸다.

나는 미국에서 우수하다고 손꼽히는 경영대학원 몇 곳의 입학원서를 신청해두고, 학교별로 입학조건을 따져보았다. 지원하는 학교에 맞춰 에세이를 준비하는 것도 큰일이지만, 지난번 뉴욕대 대학원에 지망할 때 치른 GRE 대신 경영대학원 입학시험인 GMAT를 준비하는 것이 가장 큰 난제였다. 추천서를 써줄 사람도 확보해야 했다.

학비도 만만치 않다. 아이비리그 대학의 경영학 석사과정 학비는 한 학기에 약 1만 5000달러로, 2년이면 6만 달러다. 나는 생활비를 마련할 궁리를 하면서 경영대학원 입시 준비를 시작했다. GMAT에서는 수학이 큰 비중을 차지한다. 나는 수학책을 사서 일 년 동안 외우고 이해하기를 거듭한 끝에 GMAT를 치렀다. 에세이와 추천서를 입학원서와 함께 제출하고 기다리는 시간이 초조했지만, 다음 단계로 가는 과정이기에 마음이 설레기도 했다. 결국 지원한 학교 세 곳 모두에서 합격 통지서를 받았는데, 뉴욕에 있는 컬럼비아대학 경영대학원으로 마음을 굳혔다.

1993년 9월에 시작할 첫 학기를 앞두고 회사 연금을 깨서 해지 수수료로 50퍼센트를 내고, 나머지로 첫 등록금을 냈다. 학기가 시작하기 전 여름은 친구의 집이 있는 이스트햄튼의 바닷가에서 보냈다. 나는 바다를 보며 편안한 마음을 갖는 동시에, 새로운 시작을 위한 구상을 했다.

친구와 보내는 시간도 즐거웠다. 공짜로 머무르는 대신, 요리하기를 좋아하는 내가 아침과 저녁 식사를 맡기로 했다. 그 친구는 5년 전 프랑스에서 뉴욕으로 전근 왔으며, 유럽공동체EC에서 일한 적이 있고, 내가 해주는 아시아식 퓨전요리를 아주 좋아했다. 바닷가를 거닐며 언젠가는 이스트햄튼의 해변에 내 별장을 마련하는 상상을 해보았다.

뉴욕에 와서 일 년쯤 지났을 무렵, 브루클린의 식당에 웨이터로 들어간 적이 있다. 저녁 6시부터 11시까지 일하고 시급 5달러를 받았지만, 손님의 성향을 파악해 원하는 것을 적당히 맞춰주면 꽤 짭짤한 팁이 손에 들어왔다. 예컨대 손님의 취향에 맞는 와인을 추천해주거나, 혼자 앉은 손님의 말벗이 되어주거나, 데이트하는 커플의 비위를 맞추는 칭찬을 해주었다. 이렇게 식당에서 일하며 저녁을 해결하고, 재미있게 일하며 돈도 벌고, 또 맨해튼뿐만 아니라 브루클린 지역도 알게 되니 꿩도 먹고 알도 먹는 셈이었다.

그러던 어느 날이었다. 사장과 대판 싸운 주방장이 모자를 벗어 던지고 나가버렸다. 순식간에 벌어진 일이었다. 주방장을 새로 구할 때까지는 식당 문을 닫아야 할 판이었다. 평소 주방장이 요리하는 모습을 어깨너머로 본 내가 용기를 내어 요리를 하겠다고 자원했다. 사장은 내가 미심쩍었던지 메뉴에 나온 요리를 해보라고 했다. 나는 말레이시아식으로 닭고기를 꼬치에 꿰어 사테sate를 만들어 굽고 땅콩버터 소스를 뿌렸다. 또 한국 슈퍼마켓에서 고추장을 사 태국 고추와 섞어 닭찜을 하고, 와사비 와인 소스를 만들어 스테이크에 끼었었다. 사장은 내가 만든 음식을 맛보더니 다음 날부터 일하라고 했다. 브루클린 다리가 보이는 그 식당은 저녁이 되면 분위기가 로맨틱했다. 나는 그 식당에서, 새 셰프가 올 때까지 석 달 동안 요리를 하면서 제법 많은 급료를 받았다. 그렇게 번 돈은 나중에 첫 세계 여행에서 썼다. 사장은 내가 식당을 그만둘 때 고맙다는 말을 거듭했다.

커리어 변경

9월이 되어 경영학 석사 수업이 시작되었다. 첫 오리엔테이션 주간은 긴장의 연속이었다. 필수과목은 통계학, 거시경제학, 미시경제학, 회계학 등 다 내가 싫어하는 것들이었다. 난생 처음으로 시간이 부족하다고 느꼈다. 밤 11시까지 그룹 프로젝트를 하고, 피자 한 조각으로 배를 채운 다음, 집에 와서 숙제를 하다 고꾸라지듯 잠이 들었다. 다음 날 9시 수업을 들으려면 붐비는 지하철 안에서도 짬을 내 책을 읽어야 했다. 커리어 변경의 과도기에는 땀을 흘릴 수밖에 없다. 학부 때 경영학을 공부한 학생이라도 다시 해야 할 내용이 많은데, 맨땅에 헤딩하듯 새로 시작하는 나로서는 벅찬 일이었다. 하지만 어디든 도와주는 친구들이 늘 있었다. 오리엔테이션 때 옆에 앉았던 미국인 친구는 통계학과 회계학을 친절히 가르쳐주었다. 그는 지금 미국 금융감독원에서 일한다. 일본 대기업 직원으로 회사에서 유학을 보내준 친구도 있었는데, 그는 일본 학생들끼리만 돌려보는 일종의 MBA 족보를 나누어주었다. 거기에는 예상시험문제와 경제학의 요점이 잘 정리돼 있어 아주 요긴했다. 첫 학기가 순식간에 지나가고 12월 첫눈이 내리자 학생들은 이듬해 여름 인턴 준비로 또 바빠졌다.

여름 인턴은 MBA의 필수과정이다. 여름 인턴 과정을 이수하지 못하면 그때까지 투자한 막대한 시간과 돈이 무용지물이 되다시피 한다. 졸업할 때가 되어 취업 인터뷰에 응할 때 "도대체 여름에는 무엇을 하느라고 인턴을 하지 않았나?"라는 질문 세례에 시달릴 수도 있다. MBA 과정 이전부터 투자금융 회사나 컨설팅 회사에서 4~5년 정도 일하다 온 학생들은 그 계통에 아는 사람도 많고, 당장 내일이라도 회사의 현업 프로젝트에 뽑혀 일을 해낼 수 있다. 그러나 나는 경우가 달랐다. 지난 석 달 동안 필수과목에 매달리느라 힘이 빠진데다가, 금융계에 인맥도 없었다. 내 이력서가 다른 학생들과 비교해 그다지 매력적인 것도 아니다. 나는 인턴 지원을 앞두고 내 경력을 매력 있게 적어 넣을 이력서가 필요했다. 학교에도 그런 도움을 주는 전문가가 있지만, 고작 30분 동안 조언을 듣는 것으로는 현지 미국인들과 이력서로 겨루기에 역부족이었다. 그래서 유엔에서 일할 때 알고 지내던 옥스퍼드 법대 출신의 동료에게 자문을 구했다. 그는 상세히 가르쳐주었는데, 같은 말이라도 다르게, 보다 긍정적으로 표현하는 것이 키포인트였다.

인터뷰 연습도 했다. 인터뷰 때 나올 만한 전문 용어를 잘 외우고 그 용어들을 자연스럽게 활용하는 방법을 익혔다. 외모도 점검해야 했다. 정장을 맵시 있게 입는 법을 익히고 주의 깊게 넥타이를 골랐다. 심지어 몽블랑 펜도 하나 준비했다. 투자금융 회사는 부서별로 필요한 채용인력을 선택한다. 나는 성장배경이나 적성으로 보면, 고객을 상대하는 업무가 적당하다고 생각해 그 점을 이력서에 피력하기로 했다. 그래서 우선은 마케팅부에서 기관투자가를 대상으로 주권, 채권, 파생상품 등을 취급하는 업무를 염두에 두었다. 일본어, 러시아어 등 외국어를 할 수 있다는 장점도 이력서에 강조했다. 자기소개서도 작성하여 이력서와 함께 내가 지망하는 회사에 발송했다. 운 좋게도 회사 쪽에서 날 선택해 연락이 오면 제일 확실하겠지만, 여름 인턴은 그런 경우가 좀처럼 드물었다. 회사가 학교로 인터뷰하러 올 경우, 대상자 명단에 내 이름이 들어가 있어도 아주 긍정적인 신호다. 하지만 첫 번째, 두 번째 리스트에 들어가지 못하면 남은 인터뷰 기회를 추첨 방식으로 뽑아야 했다.

생존경쟁을 뛰어넘어
어떻게 더 재미나게 일할 수 있을까?

눈이 펑펑 내리는 2월의 어느 날이었다. 양복을 입고 학교 건물로 들어온 나는 장화를 벗고 깨끗하게 닦은 구두로 바꿔 신은 다음, 〈월스트리트저널〉 기사를 읽으며 내 인터뷰 차례를 기다렸다.

면접관이 먼저 묻는다. "왜 우리 회사에서 여름 인턴을 하려고 하나요?" 회사 연례 보고서에서 읽은 그 회사의 역사와 최근 동향, 그리고 글로벌한 국제 조직망 등을 언급하면서 은근히 그 회사의 특징과 나의 강점을 결부시키려고 노력했다. 면접관은 여러 시사 문제를 물어보았고, 또 지금 공부하고 있는 과목을 설명해보라고도 했다. 마지막으로 그가 묻는다. "금융계에서 일해본 경험이 없는데, 프로젝트들을 어떻게 처리해나갈 것입니까?" 나는 당당하게 지금까지 내가 살아온 좌우명을 설명했다. 배우려는 용기Courage, 실수 없는 신중함Caution 그리고 창의성Creativity을 갖추어 대처해나가겠다고 대답했다.

그렇게 몇 차례 인터뷰를 하다보니 말도 점점 잘 나오고 예상치 않은 질문에도 능숙하게 답변하게 되었다. 투자금융 회사들은 대개 3월에 여름 인턴 최종합격자를 발표한다. 학생들이 매일 저녁 수업을 마치고 가는 맥줏집에서는 '딩레터Ding Letter'라고 하는 불합격 통지서를 내밀면 맥주 한 잔을 공짜로 주는 풍습이 있었다.

그해 나는 운이 좋았다. 바라던 회사의 여름 인턴에 합격했다. 하지만 인생이 계속 순탄하란 법은 없다. 로테이션 훈련을 마친 후 내가 배정받은 곳은 캐피털 마켓부서였다. 캐피털 마켓은 장기적인 자금 대차가 이루어지는 시장으로, 기업의 투자를 위해 필요한 자금 조달을 장기적으로 다루므로 그런 업무를 잘 다루려면 수학에 능해야 한다. 내가 배정받은 부서에는 금융공학 박사가 둘이나 되었다. 이들은 주로 프라이싱pricing(파생상품 헤징 가격 정하기) 업무를 다룬다. 다른 부서의 트레이더들이 대개 화면 여섯 개를 띄워놓고 일한다면, 이들은 내가 봐도 이해되지 않는 이상한 화면 열두 개를 항상 주시하고 있었다. 이 사람들 눈동자에는 '달러 사인($)'이 딱 달라붙어 있는 것 같았다. 박사 한 명은 인도 공과대학교IIT 출신이었고, 다른 한 명은 이스라엘 전투기 조종사 출신이었다.

나는 처음에는 수업시간에 배운 금리 스와프, 외환 스와프, 리스크 크레디트 스와프, 파생상품 등을 맡았는데, 연방 정부와 뉴욕주에서 실시하는 자격시험을 아직 치르지 않아 선배들을 돕는 역할을 했다. 선배들의 업무 처리 과정을 보는 것만으로도 배울 게 많았다. 인턴의 처지로서는 내가 선배들의 애물단지가 안 되도록, 배워야 할 일을 모두 습득하는 것이 급선무였다. 지금 일하는 태도를 보고 졸업 후에 그 사람들이 나를 뽑을지 말지를 결정하기 때문에, 내 능력을 보여주는 것 못지않게 인간관계도 중요했다.

그 당시 캐피털 마켓의 스와프 부서는 회사 안에서 꽃 중의 꽃이었다. 회사 자금을 넣어 신용 등급 AAA의 자회사를 만들어 기관투자가들의 금융 요구에 맞추어 서비스하는 부서라서, 금리나 외환 변동에 따른 위험성이 크지만 그만큼 차익이 엄청났다. 그해는 금리 인상으로 채권시장이 상당히 부진했지만, 우리 부서는 파생상품으로 이익을 톡톡히 보고 있었다. 지금은 파산한 뱅커스트러스트, 리먼브라더스홀딩스가 한때 잘나갔던 것도 이런 파생상품의 영향이 크다.

나는 새벽부터 일반 회사의 10~15년 상환채권을 보고 파생상품을 만들어 아침 회의 때마다 금융공학 박사들에게 검토를 받은 후, 다른 부서에 알려줘야 했다. 그렇게 한 달이 훌쩍 지나가고, 수익을 많이 낸 우리 부서 직원들은 4일 동안 버뮤다로 골프 여행을 떠났다. 떠나기 전에, 부서장이 인턴은 데리고 가지 않는 거라며 미안하다고 했다. 나는 일을 배우는 것만으로도 고맙다며, 4일 동안 부서를 잘 지키겠다고 말했다. 캐피털 마켓부서는 조그만 실수가 엄청난 손실로 이어지기 때문에, 무슨 일을 하든 정신 바짝 차리고 처리해야 한다.

모두 떠난 사무실에서 혼자 프라이싱 연습을 하고 있는데, 전화벨이 울렸다. 전화를 건 사람은 상업은행의 재무부서 소속 직원으로, 자기네 대차대조표에 있는 고정금리로 빌린 채무를 연동식으로 스와프하고 싶다고 했다. 3억 달러의 거액이었다. 손에 땀이 나기 시작했다. 나 혼자서는 도저히 프라이싱을 하지 못하는 상황이라 하더라도, 조심스럽고 신속하게 답변해야 했다. 바로 그때, 평소에 알지 못했던 내 장점을 깨달았다. 고객을 안심시키면서 고객이 처한 상황, 예컨대 왜 지금 스와프를 하고 싶은지, 또 다른 어느 회사와 상담을 하고 있는지 등을 자연스럽게 물었다. 그렇게 약 3분에 걸친 통화를 마치고, 곧장 버뮤다로 전화했다. 항상 격려를 아끼지 않는 부서장에게 방금 전 통화 내용을 하나도 빠뜨리지 않고 보고했다. 부서장과 선배 직원들은 골프를 치다 말고 그 자리에서 회의를 하는, 그 은행 재무 담당자와 연락을 취했다. 3일 후, 그 거래는 성공적으로 이루어졌다. 골프 여행을 마치고 출근한 선배들은 내게 박수를 쳐주었고, 부서장은 버뮤다에서 산 골프셔츠를 선물로 주었다. 정말 뿌듯한 순간이었다.

　약 석 달간의 인턴 과정이 끝날 무렵, 그 전과 비교해서 내가 많이 바뀐 것 같았다. 뉴스에서 다루는 금융 관련 이슈를 자연스럽게 이해했고, 금융계에서 일하는 친구도 많이 사귀었다. 캐피털 마켓에서 아주 긍정적인 피드백을 받았지만, 내가 과연 수학의 달인들이 경쟁하는 분야에서 생존할 수 있겠느냐가 문제였다. 그 살벌한 생존경쟁을 뛰어넘어 어떻게 하면 더 재미나게 일할 수 있을까? 내 마음 깊은 곳에 답은 이미 정해져 있었다. 캐피털 마켓부서는 급여도 두둑하고 인기도 많았지만 내년에 그곳으로 돌아가는 것은 'NO'였다. 선배들과 부서장은 나를 마음에 들어 하지만 궁극적으로는 내가 버텨내지 못할 것이다. 인턴 마지막 날, 인사과의 부름을 받았다. 내가 일한 3개월분 급여의 액수를 보고 까무러칠 뻔했다. 인턴이 이렇게 많은 돈을 받는다면 정직원은 도대체 얼마나 받을까! 인사과 직원은 평가서를 읽어주면서 캐피털 마켓부가 나를 채용하고 싶어 한다는 이야기도 전했다. 일단 감사의 뜻을 표하고 졸업할 때 다시 이야기해보자며 자리를 떠났다. 그날 저녁 부서의 전 직원이 한국 음식점을 빌려 파티를 열어주었다.

궁극적으로 혼자 살아남는 법

학교로 돌아오고 3학기가 시작되었다. 조금이나마 마음에 여유가 생겼다. 주말에는 친구들과 차이나타운에 딤섬을 먹으러 가고, 음악회에도 다녔다. 가끔씩 미술관에도 들렀다. 나는 혼자 있을 때면, 음악을 듣거나 모마MOMA (Museum of Modern Art, 뉴욕 현대미술관)에 가서 그림을 보는 것이 제일 좋았다. 사람들과 함께 어울리는 것도 중요하지만, 혼자 있는 시간에 깨닫는 게 더 많다. 작곡가나 화가도 자기 영혼과 교감하고 표현하는 시간은 혼자 있을 때였으리라. MBA 과정에서 배운 것 중 가장 큰 것은, 서로 도와주고 협동해야 하지만, 궁극적으로는 살아남는 방법을 나 혼자서 깨우쳐야 하고, 나를 믿어야 하고, 의지해야 하고, 내가 나를 좋아해야 한다는 것이었다. 하지만 자기 자신을 좋아하고 인정하는 것은 무척 어렵고 시간이 걸리는 일이다. 생각해보면 나는 못하는 것도 많고, 수학적인 머리도 잘 안 돌아가고, 아침형 인간도 아니고……. 그러나 어쩌겠는가. 최선을 다해 일해본 뒤 자기가 할 수 없는 일이라고 판단되면 집착하지 말고 신속하게 방향을 바꿔야 한다. 그렇게 자기가 지닌 장점으로 자신의 길을 찾으려 부단히 노력해야 한다. 나는 뉴욕의 첫 룸메이트였던 싱가포르 친구 밍과 종종 만나 명상에 관한 이야기를 나누면서 삶과 돈의 관계를 정리하기도 했다.

그해 크리스마스는 친구의 집이 있는 시애틀에서 지냈다. 오랜 역사를 자랑하는 재래시장 파이크 플레이스 마켓에 들렀다. 그곳에는 당시 스타벅스 1호점이 있었는데, 그 커피숍에 앉아 바다를 보았다. 10년 전 국제회의 통역을 마치고 장학생으로 초청되어 가보았던 스페이스 니들 전망대에 다시 올라갔을 때는 가슴이 뭉클했다. 이렇게 10년이란 세월이 흘렀는데, 30대를 앞으로 어떻게 살아갈까 생각해보는 소중한 시간이었다. 진로를 어떤 방향으로 잡아야 좋을까? 캐피털 마켓이 맞지 않는다면 나에게 맞는 부서는 어디일까?

4학기는 쏜살같이 지나갔다. 다시 취업 전쟁이 시작되었고, 졸업반 학생은 매일같이 인터뷰 정장을 하고 등교했다. 봄이 와서 교정에는 벚꽃이 만발했다. 풀밭에 앉아 햇볕을 쬐며 친구들과 이야기를 시작하면 당연히 진로 문제와 가족 문제가 터져나온다. 가만히 이야기를 듣고 있자면 집집마다 걱정거리도 다양하다. 자기 집 더러운 빨래가 부끄럽다가도, 남의 집 더러운 빨래를 보면 입이 쑥 들어가듯이 저마다 짊어지고 가야 하는 짐은 남의 것과 비교할 수 없다. 부유한 집안에 곧 취업 오퍼를 받을 것 같은 친구도 자기 나름대로 걱정이 있었다.

그 당시 학교 옆에 있는 허드슨 강 주변의 공원에 가서, 오랫동안 강을 바라보며 생각에 잠기곤 했다. 원래 내 관심은 인간은 세상에 왜 태어났을까, 개인과 집단의 관계는 무엇일까, 사회와 역사에 따라 인간관계는 어떻게 변화했을까 등 인문적인 것이었다. 그런데 나이가 서른 살이 되어 뉴욕에서 자리를 잡아야 하는 지금 그런 것에 몰두하는 것은 어려운 일로 보였다. 나는 내 본래의 관심사는 잠시 접어두기로 했다. 젊을 때는 돈을 벌고 생존하자, 그리고 나이가 어느 정도 들었을 때 내 흥미를 불러일으키는 공부를 하리라고 다짐하며…….

그러던 어느 날, TV에서 ABC 방송국의 유명 앵커우먼 바버라 월터스의 인터뷰를 보았다. 보스턴 출신인 월터스는 명문 학교도 나오지 않았고, 저널리즘이 아니라 평범한 인문학을 전공했단다. 처음에는 뉴욕의 작은 광고회사에서 일을 시작해, 진로를 바꿔 NBC 방송국에서 기사 수집과 편집 업무를 하다가, 갖은 노력 끝에 앵커의 자리에 올랐다. 중요한 메시지 몇 가지가 귀에 쏙쏙 들어왔다. 첫째, 밤

낮을 가리지 않고 무엇을 하더라도 지치지 않고 해나갈 만한 분야를 찾아야 한다는 것이다. 둘째, 자기가 가진 장점을 극대화해야 한다는 것이다. 월터스는 마지막으로 "당신의 행복Bliss을 따라 가라"고 말했다. 행복을 추구하려면 내가 무엇을 원하는지 깨닫지 않으면 안 된다. 가고 싶은 방향을 모르면서 어떻게 길을 찾아 가겠는가? 그 행복을 따라 가면서 경험하는 모든 것이 지혜로 쌓일 것이다.

그때부터 나는 한국에서 가지고 온 '빨리빨리' 개념을 버리려고 온갖 노력을 했다. 약속이 있을 때는 여유 시간을 충분히 두고 집을 나서거나, 신호등의 파란불이 깜빡거릴 때면 뛰지 않고 다음 신호를 기다렸다. 그건 김치 맛을 잊어버리려고 하는 것보다 더 힘든 과정이었다.

내 생활 속에 깊숙이 자리 잡은 '빨리빨리'에 담긴 의미는 무엇이었을까? '빨리빨리'는 사회 집단이 미리 정해놓은 목표를 향해 획일적으로 따라 가라는 요구다. '빨리빨리' 문화는 개인의 특성을 존중하지 않는다. 요구르트 하나 고르려 해도 몇 분이 걸리는데, 저마다의 인생이 달려 있는 목표를 어떻게 빨리빨리 결정하고 빨리빨리 처리할 수 있겠는가? 사회가 요구하는 것에 맞춰 허겁지겁 달려가다보면 반드시 허점이 생기고 만다. 그 허점을 고치려면 빨리빨리 움직여서 얻은 시간보다 더 많은 시간을 빼앗긴다. 성공만 바라보기보다는 거기에 이르는 과정을 즐기고 경험하라는 금언金言과도 어긋난다. 명확한 자기 의지가 깃들지 않은 성공은 막상 도착해보면 멀리서 상상했던 것과 분명히 다를 것이며, 그렇게 하느라 가까운 인간관계를 희생하기도 했을 것이다. 사실, 성공이라는 말 자체가 막연하고 주관적이다.

구약성경에 "모든 일에는 적절한 때가 있다There is a time for everything"는 구절이 있다. 이 말은 각각의 일에 적절한 시간timing이 존재한다는 의미일 것이다. 달리 말하면 적절한 기회라고나 할까? 하지만 그 타이밍은 마구 서두를 때보다 침착하고 꾸준하게 준비할 때 자기 안에서 발견하게 되는 기회인 것 같다. 일본 기업 도요타의 제조 과정은 JITJust in Time라는 개념으로 요약된다. 사전에 자동차 제조 수요를 충분히 파악하고 부품 준비를 완료한 뒤, 필요한 시기에 필요한 수량만큼 부품을 제공받아 시간 낭비 없이 생산하는 방식이다. 이것은 '빨리빨리'가 아니라, 제반 사항을 면밀히 검토하고 준비한 뒤에 이루어지는 과정이다. MBA 오리엔테이션 첫날, 두려운 마음을 극복하는 데 가장 큰 힘이 된 말은 "인생은 마라톤이지 스프린트가 아니다"였다. 그래서 언제부터인가 남과 비교하며 안달복달하는 '빨리빨리' 경쟁을 접어두었다. 20대에 생활방식의 모토로 CCC(용기Courage, 신중함Caution, 창조성Creativity)를 세우고 지켜나가려 애썼는데, 여기에다 '돌이켜보며 배우기Reflect'를 추가하기로 했다. 앞으로 나의 30대는 시간을 의식하되, 빨리도 천천히도 아닌 내

페이스대로 펼쳐 나갈 것이다.

　졸업을 앞둔 1995년 4월, 금융계에 위기가 닥쳐왔다. 멕시코에서 시작한 이머징 마켓의 금융 위기였다. 연방 은행이 추가로 금리 인상을 시행하면서 고용 예산도 축소되었다. 수학 실력이 뛰어난 몇몇 엘리트 학생이 우선순위로 받았던 취업 오퍼가 취소됐다. 졸업 예정자들 사이에 동요가 일었다. 냉정히 분석해보니 내게는 오히려 좋은 기회일지 모른다는 생각이 들었다. 졸업 후 캐피털 마켓 분야로는 진출하지 않겠다고 결심하고 증권 쪽을 알아보고 있었기 때문이다. 세 회사와 인터뷰를 하고 매일 전화기 옆에 달라붙어 살았다. 세 회사 중 한 곳은 여름에 인턴 근무를 한 회사로, 증권부에 자리가 하나 있었다. 나머지 두 회사는 에셋 매니지먼트라는 자산관리 회사로, 앉아서 숫자만 들여다봐야 하는 업무라서 썩 내키지는 않았다. 여름 인턴으로 일했던 회사의 최종 인터뷰에 가게 되었는데, 나를 포함해 다섯 명이 뽑혔다는 이야기를 들었다. 나는 용기를 내서, 내가 일했던 캐피털 마켓부서장에게 전화를 걸었다. 내가 캐피털 마켓부서를 지원하지 않은 이유를 솔직하게 설명하고는, 증권부 부서장에게 나를 추천해줄 수 있겠느냐고 부탁했다. 이야기를 들은 부서장은 기꺼이 도와주겠다고 말했다.

　4월 말, 두 회사로부터 합격 통지서를 받았다. 가장 원했던 증권부도 그 안에 있었다. 참으로 기뻤다. 9월부터 일하기로 하고 고용계약서에 서명한 뒤 받은 축하 보너스로 북아메리카 크로스컨트리 여행을 떠나기로 했다. 여행하면서 30대에 지켜나갈 나만의 생활 방침을 신중히 생각해보고 싶었다.

마리아 칼라스와의 여행

여행은 두 구간으로 나누어 진행했다. 첫 번째 구간은 캘리포니아 남단 멕시코와 접경한 샌디에이고에서 렌터카와 기차를 이용해 오리건주까지 올라간 다음, 동쪽으로 꺾어 노스다코타주, 일리노이주, 오하이오주를 거쳐 뉴욕주까지 가는 것이었다. 거기서 두 번째 구간인 캐나다로 이동해 타이태닉호가 침몰한 대서양 쪽 최동단 노바스코샤까지 가서 기차와 자동차를 이용해 서쪽 밴쿠버까지 이동하는 코스였다.

이 여행에서 제일 기억나는 게 두 가지 있다. 하나는 인구가 별로 없는 노바스코샤의 어두컴컴한 고속도로를 보름달을 벗 삼아 혼자 운전하고 갈 때 고요함을 깨고 라디오에서 흘러나온 마리아 칼라스의 목소리였다.

다른 하나는 캐나다 서쪽 로키산맥 근처에서 온천을 발견하고 몸을 담갔을 때 '아······' 하고 흘러나온 감격이었다. 20대를 힘들게 거쳐 온 다음에 느낀 해방감이라고 할까, 아니면 감사의 마음이라고 할까!

밴쿠버 항구에 앉아 저녁놀을 바라보며 앞으로 펼쳐질 생활을 그려보았다. 그때만 해도 팔팔한 젊은이였기에, 호화로운 생활에 대한 동경이 컸다. 열심히 일해서 부자들이 모여 있는 맨해튼 파크애비뉴에 집을 사고 싶었다. 아침에 커튼을 젖히면 센트럴파크가 훤히 내려다보이는 그런 집 말이다. 그리고 여행도 많이 하고 싶었고, 외국어도 하나 더 배우고 싶었고, 음악 공부도 계속하고 싶었다. 와인도 알고 싶고, 훌륭한 요리도 맛보고 싶었다.

그러려면 지금까지 살아온 생활방식(CCC)에다 과거를 돌이켜보는 Reflect 습관, '빨리빨리' 초조하게 살아온 삶 대신에 다시 새롭게 시작한다는 Reset 마음가짐, 뭔가 잘못된 것이 있으면 항상 고쳐나간다 Revise 는 세 가지 명제(RRR)를 추가해야 했다. 그러고 나니, 미래를 힘차게 열어나갈 힘이 생겼고, 밴쿠버에서 보내는 시간이 행복했다.

토론토로 돌아오는 기차 침대칸에서 뉴질랜드 출신의 여행자와 만나 저녁을 먹으며 이야기를 나누었다. 그때 들은 이야기가 나중에 오스트레일리아와 뉴질랜드 여행의 모티브가 되었다. 또 위니펙에

서는 스위스에서 온 여행자들과 어울렸는데, 스위스식 농담과 한국
식 농담을 섞어가며 웃고 마시면서 밤을 새웠다.

제2장

일하고
공부하고

1995년 9월, 정식 직장이 된 투자금융 회사에서 일을 시작했다.

이제까지 살아온 생활방식을 송두리째 바꿔야 했다. 나는 올빼미 체질이라서 새벽 서너 시까지 놀다가 잠이 들면 오후 두세 시까지 내리 잔다. 그런 내가 아시아 금융시장을 맡았으니 생활 리듬을 완전히 바꿔야 했다. 아시아 금융시장은 뉴욕시각으로 잠자리에 들기 전에 개장하고, 내가 일어나기 전에 폐장하기 때문에 항상 긴장한 상태로, 심지어 꿈에서도 뉴스를 지켜봐야 했다. 또 아침 일찍 회사로 가서 도쿄에 있는 트레이더와 통화하며 시사나 특정 정치 이슈에 대한 시장반응, 경기회복에 대한 기대감 등의 의견을 교환했다. 공부할 것이 쌓여만 갔다. 알람시계를 침대 옆, 부엌, 화장실, 현관에

눠두고 매일 아침 5시에 허덕이며 일어났다. 회사에 가서는 책상에 앉자마자 곧장 모니터를 켜고, 시장을 살피고, 리포트를 작성하고, 런던과 도쿄를 전화로 연결해 회의를 하고, 애널리스트가 쓴 리포터를 분석했다. 여름 인턴 때와는 비교할 수 없는 강도 높은 업무가 밀어닥쳤다. 또 석 달 이내에 연방과 뉴욕주가 주관하는 금융감독원 시험을 치러야 해서 대학원 교재보다 더 두꺼운 책을 끼고 살았다. MBA 과정을 마치고 입사한 신입사원이라도 그 시험에 떨어지는 경우가 있다고 선배들이 겁을 주었다. 정말 머리 좋은 애들은 70퍼센트가 커트라인인 그 시험에 얼마나 아슬아슬하게 합격하느냐를 두고 내기까지 벌였다. 똑똑한 신입사원들은 정답을 다 안다고 생각하기 때문에 일부러 30퍼센트 가까이 틀리게 답한다는 것이다. 뭐, 어쨌든 그런 사람들은 나하고는 거리가 멀었다.

다행히 시험을 통과한 후로는 사내 회의에서 영어-일어 통역을 하기도 했다. 그 당시 일본에서 파견 나온 선배들은 대부분 당대 일본의 엘리트였다. 어떻게 그런 사람들만 골라 보내는지, 영어도 잘하고, 키도 훤칠하고, 서양식 매너에도 익숙했다. 언어에도 관심이 많아 내가 오페라 타이틀이나 프랑스 와인 이름을 원어로 말해주면 아주 기뻐했다. 그들과 때로는 형제같이, 때로는 경쟁자처럼 지냈다. 나는 현지에서 채용된 미국인 상사, 동료들과도 잘 지내야 했기 때문에 두 그룹 사이에 끼어 입장이 난처해질 때도 있었다. 하지만 그런 일을 잘하라고 나를 뽑았을 것이다. 같은 부서에서 근무하는 도쿄 출신의 게이코가 알게 모르게 많이 도와주었다. 일본인 특유의 냉정한 면도 있지만, 그녀는 마음이 아주 따뜻했다. 내가 모르고 결례를 할 때마다 나중에 조용히 가르쳐주었다.

우리 회사는 뉴욕에서 열리는 야구경기나 메트로폴리탄 오페라의 VIP 좌석을 시즌 내내 사두고 고객 접대 용도로 사용했는데, 당일 표가 남을 때는 직원들에게도 나눠주었다. 어느 날 게이코가 메트로폴리탄 오페라 티켓을 두 장 받았다며 같이 가자고 했다. 그런데 그날은 오페라가 별로 내키지 않고 새로 생긴 레스토랑에서 식사나 하고 싶었다. 우리는 링컨센터 광장에서 암표상처럼 그날 티켓을 팔아 샴페인을 곁들인 고급 만찬을 먹었다.

나는 모르는 사람들과 이야기 나누는 것을 좋아해서 업무를 본격적으로 시작하고 나서는 신규 기관투자가를 고객으로 많이 확보했다. 그즈음부터 일본의 거품경제가 서서히 꺼지기 시작했고, 기업체의 도산이 잇따랐다. 그렇다면 증권업무를 택한 것이 운이 나빴던 것일까? 하지만 운을 자기 쪽으로 끌어 오는 방법을 배우는 것도 실력을 키워나가는 방법인 것 같다. 그때 헤지펀드들이 자주 쓰던 방식이 쇼트셀링short selling(주식이나 상품의 현물을 가지고 있지 않거나 가지고 있더라도 실제로 이를 상대방에게 인도할 의사가 없이 증권회사나 중개인에게 일정률의 증거금만을 지급하고 팔았다가 일정 기간 후에

환매함으로써 그동안의 가격 하락 또는 상승분의 차금差金을 결제하는 방법이다. 동시에 가격이 올라가는 리스크를 커버하기 위해 선물을 사서 헤지를 한다.)과 선물옵션을 함께 사는 것이었다. 예를 들어, 소유하지 않은 증권을 빌려서 팔고, 그 기간 동안 일정 가격에 선물을 사서 만료되는 시점에 차익을 챙기는 방식이다. 이 방식은 앞으로 증권가격이 하락한다는 전망이 대세일 때 많이 쓰였다. 나는 캐피털 마켓 부서에서 여름 인턴으로 일할 때 배운 방식을 적용해 다양한 상품을 만들었다. 한 유럽계 은행의 투자부서에서 요청한 바스켓 트레이딩(기관투자가가 일정 수 이상의 주식 종목을 바스켓에 담아 한꺼번에 다른 기관투자가에게 매매하는 것으로, 프로그램 매매에 의한 현물 가격의 급등락을 막기 위한 것이다.)으로 롱바이long buy와 쇼트셀링을 동시에 제의해서, 그 은행도 상당한 수익을 거두었다.

하지만 어느 날, CCC 원칙의 '신중함'을 소홀히 해서 사고가 터졌다. 외국 현지 시장에 상장된 증권을, 환율을 고려해 다시 뉴욕 증권거래소에서 달러 단위로 바꿔 거래하는 ADR 시스템이 있다. 미국의 한 투자금융 회사가 거품경제가 꺼지면서 부실자산 때문에 파산 직전에 놓인 어느 일본 은행의 증권을 무더기로 사들이기 시작했다. 증권은 파산하면 채무권리가 하나도 없다. 나는 그 일본 은행이 파산 신청을 하는 날까지 도쿄 증권거래소에서 그 은행의 남아 있는 증권을 사서 ADR으로 바꾸느라 눈코 뜰 새 없이 바빴다. 그때 너무 서두르는 바람에 전환 과정에서 1:10인 ADR 비율을 실수로 1:100으로 컴퓨터에 입력하고 말았다. 전산 입력을 잘못하는 이른바 '팻 핑거fat finger' 실수였다. 다음 날 아침 터무니없이 많은 증권을 매수한 결과가 되어 위기관리부서의 심문을 여러 차례 받았다. 예전의 '빨리빨리' 습성이 돌아온 것 같아 자괴감이 들었다. 다행히도 그날 증권가격이 올라 오히려 이익을 내고 잉여분을 처분하면서 일단락되었다. 그다음부터 두 번 세 번 확인하는 습관을 들이고, 같은 실수를 다시는 반복하지 않겠다는 맹세를 했다.

한번은 교토에 본사를 둔 이름난 기업의 사장과 동행하게 되었다. 미국 현지 법인의 주주설명회에 참석하러 온 사장은 아주 깐깐한데다 고령인데도 아침 일찍부터 밤늦게까지 지치지 않고 일을 하는 사람이어서 사실, 다소 피곤한 인물이었다. 요청이 있을 때마다 준비한 자료를 실수 없이 제시하고, 통역하고, 다음 회의에 늦지 않으려면 뉴욕 투자자들의 저돌적인 질문 공세를 도중에 끊고 항상 교통이 막히는 맨해튼 시내를 옮겨 다녀야 하는 고된 일정이었다. 그날 저녁 식사 중 사장이 갑자기 물었다.

"출신이 어디지요?"

나는 대답했다. "한국입니다."

그러자 사장이 말했다. "아, 그래요? 제 부모도 한국인입니다. 젊은 시절에 일본으로 건너왔죠. 저는 일본에 귀화했습니다."

나는 적잖이 놀랐다. "아, 그렇군요. 부모님께서 고생 많이 하셨겠어요."

"엄청났죠. 그래서 저는 이를 악물고 노력했습니다."

사장은 어린 시절, '자이니치在日, さいにち 교포'로서 겪은 혼란과 갈등을 들려주었다. 성인이 된 뒤로 생각을 어떻게 바꾸고 생활해왔는지도 이야기했다. 그동안 비즈니스 회의에서 보지 못한 인간적인 면모였다. 이야기하는 내내 그의 입가에는 미소가 떠나지 않았다. 각자 태어난 곳을 떠나 머나먼 뉴욕 땅에서 한국인과 일본인이 교감을 나누는 것이 신기했다. 뉴욕이라는 도시가 출신과 배경에 편견을 두지 않고 자유로운 환경을 제공하기에 가능한 것 같았다.

로프 위의 공부

　일주일에 사나흘은 출장을 가야 했다. 일본에는 두 달에 한 번꼴로 다녀왔는데, 고소공포증이 있는 나로서는 비행기 타는 것이 고역이었다. 일본뿐 아니라 보스턴과 텍사스도 자주 가야 해서, 출장을 가기 1~2주 전부터 일기예보를 확인하고, 비가 오거나 바람이 많이 부는 날이면 안절부절못했다. 오죽했으면 물리학을 전공한 친구에게 비행기의 메커니즘에 관해 시시콜콜 캐물었을까? 기류가 불안정해도 추락을 걱정하지 않아도 되는 이유를 이해하려고 많이 노력했다. 여러 사람의 설명에 따르면, 비행기가 흔들릴 때 무서움을 느끼는 것은 귀 안쪽에 있는 전정기관이 뇌에 메시지를 보내기 때문이라고 한다. 캄차카반도 상공을 지날 때면 비행기가 심하게 요동치는데, 나는 눈을 꼭 감고 귓구멍에 손가락을 넣어 흔들면서 전정기관을 진정시키려고 애썼다. "음, 음" 소리를 내며 고개를 좌우로 흔들고 노래까지 흥얼거리는 동안, 친절한 스튜어디스는 행동이 다소 생뚱맞고 어수선한 승객에게 "쇠고기와 닭고기 중 어느 걸 드시겠습니까?"라고 몇 번씩 묻곤 했다.

이 일을 때려치우지 않는 한, 비행기를 계속 타야 한다. 결국 누군가의 추천을 받아 고소공포증 극복 2박 3일 프로그램에 참여했다. 프로그램이 진행되는 곳은 펜실베이니아의 산과 강물이 인접한 캠프장으로, 암벽타기와 높이 설치해놓은 로프 위를 걷는 것이 주된 훈련이었다. 보기만 해도 다리가 후들거렸다. 그래도 암벽타기는 로프 위를 걷는 것보다 덜 무서웠다. 아래를 내려다보지 않고 위만 보고 올라가면서 자기 체중을 손에 전달하면 되기 때문이다. 나는 등료들의 응원을 받으며 암벽을 올라갔다. 70퍼센트쯤 올랐을까? 밑에서 동료들의 외침이 들렸다. "곧 정상이야. 힘내라!" 나는 그 순간 내가 고소공포증을 이겨내려고 거기에 왔다는 것을 깨달았다. 극복하려는 다짐으로 70퍼센트 높이에 올랐으니 그곳으로 만족했다. 나는 더 이상 올라가지 않고 암벽을 내려왔다. 밑에서 응원하던 동료들이 영문을 몰라 조용해졌다. 내려오는 길은 더 길고 험하게 느껴졌는데, 내가 세워놓은 목적을 달성했기 때문에 행복하게 내려왔다. 나는 정상이란 말을 그렇게 좋아하지 않는다.

로프 위를 걷는 것은 암벽타기는 발끝에도 따라오지 못할 만큼 무서워 보였다. 땅에서 20미터 높이에 50미터 길이의 로프가 팽팽하게 걸려 있는데, 3미터 간격마다 손으로 잡을 수 있게 밧줄이 하나씩 드리워져 있다. 로프 위에서 한 걸음 한 걸음 발을 내디뎌 다음 밧줄을 잡을 때까지는 아무 도움 없이 몸의 균형을 유지해야 하는 훈련이다. 내 바로 앞의 도전자가 로프를 걷다가 다음 밧줄을 잡으려다 떨어지고 말았다. 물론, 도전자의 몸에는 하니스harness(추락할 때 발생하는 충격을 신체의 각 부분으로 분산시켜 부상을 막고 안전을 도모하는 등반용 벨트)가 달려 있어서 번지점프를 할 때처럼 공중에 몇 번 튕겨 올랐다가 구조된다.

높은 곳을 무서워하는 나로서는 그 로프까지 올라가는 것부터 고역이었다. 출발점에 올라서니, 다리가 후들후들 떨려 도저히 한 걸음도 내딛지 못할 지경이다. 그렇다고 물러나자니 자존심이 허락하지 않는다. 발을 헛디뎌 떨어질망정 주저앉아 있을 수야! 뭔가 조치를 취해야 한다. 숨을 고르며 상상을 펼치기 시작했다. 로프 끝까지 무사히 도착하여 낙하줄을 타고 아래쪽까지 신나게 내려가는 것을 그려보았다. 머릿속의 상상으로 마음을 가다듬는 시각화 작업이었다. 두 눈을 질끈 감았다 뜨고는 몸의 균형을 잡아 왼발을 한 걸음 내디뎠다. 다시 오른발로 한 걸음 더 나아갔다. 가면서, 오른손에 쥐었던 밧줄을 놓고 천천히 왼손을 뻗어 다음 밧줄을 잡았다. 그렇게 반 넘어 이동했을까? 거센 바람이 불더니 로프가 이리저리 흔들렸다. 눈 앞이 아찔했다. 이럴 때 가장 중요한 것은, 시각화 작업을 계속하면서 균형을 유지하는 것이다. '빨리빨리' 움직이는 것이 아니라 '침착하게' 기다려야 한다.

로프 위를 걷는 훈련은 내게 고소공포증을 극복하는 방법뿐 아니라 다른 것도 알려주었다. 뜻밖의 위기 상황이 닥치면 침착하게 균형을 잡고 기다리며 전진할 기회를 봐야 한다는 것이다. 그러면서 머릿속으로는 위기를 무사히 헤쳐갈 수 있다는 확신을 가져야 한다. 한 발 한 발 걸음을 옮겨 로프 끝까지 도달한 나는 낙하줄을 타고 내려왔다. 내 얼굴에는 식은땀과 기쁨의 눈물이 범벅이 되어 흘러내렸다.

뉴요커로 살아가기

　매주 토요일에는 성악을 배우러 그리니치빌리지에 있는 음악학교에 다녔다. 그 학교는 아주 오래된 건물에 개인 교습을 할 수 있는 실습실이 잘 갖춰져 있었다. 나는 주말을 손꼽아 기다렸다. 나는 음악과 미술을 다 좋아한다. 그런데 시각예술은 나중에 다시 고칠 수 있고 색 보정도 할 수 있지만, 공연예술인 성악은 한 번 실수를 하면 그것을 돌이킬 수 없고 전체 공연의 완성도가 떨어진다. 미술보다 시간의 엄격함이 더 있다고나 할까? 어쨌든 노래 부르는 순간만큼은 작곡가가 표현하고자 한 것을 나의 것으로 변화시키는 과정이다. 일주일 내내 금융시장에서 숫자만 보느라 잊고 지낸 나 자신의 다른 면을 일깨워주는 것 같았다.

음악학교에서는 여섯 달에 한 번씩 발표회를 열었다. 나는 성악 강사가 권한 곡 대신 프란츠 슈베르트를 택했다. 난이도가 높은 곡으로 폼 잡기보다 내 목소리와 어울릴 만한 곡을 선택해야 한다고 생각했다. 지도 강사와 의견이 충돌할 때는 내가 생각하는 바를 잘 설명할 능력을 길러야 한다. 결국 내 노래는 내가 부르기 때문이다. 노래 부를 사람의 특징과 능력을 파악하고, 그에 맞는 곡을 선택하는 과정에서 서로 간에 이해의 폭도 넓어지는 법이다.

이제는 일에도 익숙해졌다. 거의 가족처럼 지내는 친구도 늘어갔다. 게이코는 동료 이상으로 가까운 사이가 되었다. 카리브해로 같이 여행을 다녀오고, 주말에는 브루클린이나 맨해튼 다운타운에서 저녁을 먹고, 소호SoHo(뉴욕 맨해튼의 남쪽, 휴스턴가와 커널가 사이의 화랑 밀집 지대. 소호라는 명칭은 'South of Houston'의 약어로, 원래 공장, 창고 지구로 사용되던 곳이었다)에 영화도 보러 갔다. 일요일에 차이나타운에서 브런치로 먹는 딤섬 식당은 주말마다 뉴욕 친구들과 만나는 장소가 되었다. 축구장처럼 드넓은 홀은 뉴요커들로 북적였다. 추운 겨울에도 대기표를 받고, 중국어인지 영어인지 알쏭달쏭한 발음으로 식당 안내인이 대기번호를 불러야 입장할 수 있다. 열 명 정도 둘러앉아 각종 딤섬과 찹쌀볶음밥, 해물튀김국수, 조개찜 등을 시켜놓고 한 주 동안 일어난 시사 문제를 가지고 열띤 토론을 벌인다. 식사 자리에서는 홍미로우면서도 배울 만한 점이 있는 주제가 단연 인기다. 대화가 오가며 서로를 더 알게 되고, 최근에 가본 미술 전시회 이야기, 새로 생긴 레스토랑의 음식 맛 등도 화제로 오른다. 하지만 가끔씩 나를 당황하게 만드는 질문도 있다. 예를 들어, 아시아 태생 여자아이를 입양한 유대인 친구는 한국의 국외입양률이 높은 이유와 한국 여성의 인권 수준에 대해 물었다. 또 의사로 일하는 아일랜드계 친구는 한국에서 성행하는 성형수술에 큰 관심을 보였다. 그때마다 나는 오랜 세월 여성을 억압해온 유교 사상과 체면을 중시하는 문화를 설명하면서, 너무 흥분하지 않는 모습을 보이려고 애썼다.

뉴욕 생활이 길어지면서 내 영어 표현을 더 향상시켜야겠다는 생각이 들었다. 매일 〈월스트리트저널〉이나 〈파이낸셜 타임스Financial Times〉를 읽지만, 적당한 단어나 표현이 딱 필요한 시기에 생각나지 않을 때가 많았다. 특히 우리 회사 또는 고객 회사에서 발표할 때면 늘 긴장이 되어 잘하던 이야기도 더듬거리거나 의도하지 않은 말이 튀어나오기도 했다. 동료 중에는 퍼블릭 스피치 클래스public speech class를 신청해 수강하는 사람도 있었지만 다른 방법을 택하고 싶었다.

그래서 찾아간 곳이 공연장이 몰려 있는 맨해튼 웨스트사이드에 있는 코미디 클럽이었다. 거기서 코미디를 연습하는 강좌를 신청했다. 몇몇 테크닉을 배우긴 했지만, 미국의 문화나 사회사건을 재미있게 풍자하면서, 너무 서두르거나 뜸들이지 않고, 자신에게 최적화된 속도로 이야기를 전개하며 동시에 관객의 반응까지 고려하는 것이 정말 어려웠다. 두 사람이 한 팀이 되어 강사가 갑자기 제시하는 주제에 맞춰 이야기를 펼쳐 나가는 훈련은 직장에서 일어날지도 모르는 난처한 상황을 재치 있게 극복하는 데 도움이 되었다. 하지만 제일 중요한 것은, 여러 주제를 미리 준비해놓고, 그때그때 상황에 필요한 부분을 활용하는 융통성이었다. 마지막 수업 시간에 강사가 '공공 세탁장'이라는 주제를 제시했다. 연습한 보람이 있었는지, 이번에는 상대방 수다에 꿇리지 않고 말이 술술 흘러나왔다. 나 자신이 대견했다.

골프도 배우기 시작했다. 고객들과 관계를 다지려면 골프를 쳐야 한다는 회사의 압력이 반은 작용했다. 맨해튼 허드슨 강에는 오래된 항구가 하나 있다. 19세기에 유럽에서 이민자들이 탄 배가 들어오면(타이태닉호가 침몰하지 않았다면 여기로 들어왔을 것이다!) 일등석 손님은 이 항구에서 먼저 내리고, 나머지 승객들은 자유의 여신상이 있는 리버티 섬 바로 옆에 있는 엘리스 섬으로 가서 건강검진을 받고 나서야 풀려났다. 그 당시 일등석 승객들이 내린 항구가 대형 스포츠 콤플렉스로 거듭났다. 나는 뉴저지 쪽을 바라보며 강을 향해 연습 공을 날렸다. 그렇지만 차라리 커피숍에 앉아 뉴저지를 바라보는 게 나을 것 같았다. 골프하고는 궁합이 안 맞는다고 느꼈다. 그래도 이왕 하기로 한 것, 주말마다 빠지지 않고 레슨을 받았다. 코치는 가르쳐주는 대로 정확하게 스윙을 하지 않는다고 내게 몇 차례 주의를 주었다. 그렇지만 내 몸이 원하는 자연스러운 포즈를 취하는 게 훨씬 좋았다. 테니스를 하면 땀이 쫙 빠지며 후련해지고, 수영을 하면 나 자신을 극복하는 쾌감이 있다. 그러나 골프는 나에게 맞지 않는지, 열심히 레슨을 받는데도 진도가 나가지 않았다. 고객들과 친분을 쌓을 기회를 만들고 싶어 배우는 것인데, 그것이 참 고통이었다.

드디어 처음 필드에 나갔을 때다. 나는 코치한테서 배운 것과는 달리 5번 클럽 하나로 18개 홀을 다 돌았다. 동반한 고객이 깜짝 놀라며 나를 배려해주기까지 했다. 그렇지만 고객과 함께하는 골프 라운딩은 그때가 처음이자 마지막이었다. 나는 그때 함께한 고객을 나중에 오페라에 초청해 더욱 돈독한 관계가 되었다.

그동안 보너스로 받은 돈은 한 푼도 쓰지 않고 모아놓았다. 그 돈으로 큰 아파트를 구입하려고 틈날 때마다 보러 다녔다. 내 마음에 든 그리니치빌리지의 아파트는 옥상에 수영장이 있고 맨해튼 전경이 한눈에 내려다보였다. 뉴욕에 온 초기, '저기서 살아봤으면' 하고 항상 꿈꾸던 아파트였다. 드디어 이사하는 날, 뉴욕에 온 이후 처음으로 친구들의 도움을 받지 않았다. 이사업체를 부르고, 매트리스도 새로 샀다.

새 아파트에는 화분을 여러 개 들여놓고 큰 나무부터 작은 화초까지 식물을 많이 키웠다. 개 한 마리와 새 한 마리도 길렀다. 개는 달마티안 종으로 이름을 '프라다'로 붙였다. 새는 문조Java sparrow 종으로 이름을 '신디'로 지었다. 나와 프라다와 신디 중에서는 신디가 가장 머리가 좋은 것 같았다. 자기 할 일을 똑똑히 알고, 서두르지 않으며, 미래도 척척 대비했다.

어느 날, 게이코와 소호에서 저녁을 먹고 돌아왔는데, 반가이 뛰쳐나와야 할 프라다가 현관에 나오지를 않았다. 사람만 보면 반색하며 이리저리 뛰느라 화분을 넘어뜨리기 일쑤인 녀석이 그날은 수상했다.

"무슨 일이야? 또 쓰레기를 뒤졌나보구나."

부엌으로 가서 음식물 쓰레기통을 보니 청소해놓은 그대로다. 화분을 살펴보았으나 역시 별 이상이 없었다.

그때 게이코의 비명소리가 들렸다. 달려가서 보니 프라다의 발과 입 주위에 피가 묻어 있는 게 아닌가! 퍼뜩 불길한 생각이 스쳤다. "신디, 신디!" 다급하게 외쳤다. 그러나 평소 같으면 "삐삐" 하고 날아올 신디가 보이지 않는다. 온갖 상상이 머릿속을 스쳐 갔다. 살펴보니 핏자국은 책장 앞에 많이 떨어져 있었다. 책장에 꽂힌 책을 빼냈다. 뒤쪽에 새 둥지가 보였다. 신디가 새끼 낳을 준비를 한다고 화분에 있는 풀을 뽑아 책장 뒤에 몰래 둥지를 지어놓은 것이었다.

나는 다리가 풀려 털썩 주저앉았다. 어떻게 이런 일이 일어났을까? 프라다와 신디는 서로를 잘 안다. 신디가 책장에 포르르 앉는 순간, 그동안 억눌러온 사냥개의 본능이 폭발한 것일까? 아니면 암놈인 프라다가 모성을 발휘하는 신디에게 일종의 질투를 느낀 것일까? 모르겠다. 그저 추측만 해볼 뿐이다. 세상에는 설명할 수 없는 일이 많다. 이 일 후로 나는 집에 동식물을 키우지 않았다. 동물과 식물도 살아 있는 생명체인데, 인연을 맺는 것이 함부로 할 일이 아닌 것 같았다. 내가 어찌할 수 없는 일은 손대지 말자는 생각이 작용했는지도 모른다.

세상의 가치에 거리 두기

그렇게 몇 년을 투자금융 회사에서 일하고 있을 때 한국에 외환위기가 닥쳤다. 1997년이었다.

그 사건은 인생에서 돈의 의미를 다시 한 번 되새기는 계기가 되었다. 돈은 생활에 꼭 필요하지만 너무 빠져들면 인간을 옭아맨다. 부를 관장하는 여신은 변덕이 심해, 어떤 때는 재물 운이 찰떡같이 달라붙었다가도 어떤 때는 푼돈조차 구경하기 힘들다. 돈 많은 사람이 오히려 돈 걱정을 한다. 얼마만큼 소유해야 자신에게 적당하고, 또 자유와 독자성을 침해받지 않는지 알아야 할 것 같았다. 한국에서 유학 온 몇몇 후배는 귀국을 서둘렀다. 나는 그때부터 크라이시스(위기) 이면에 도사린 리스크(위험) 요인을 따져보는 버릇이 생겼다.

리스크는 우리 옆에 보일 듯 보이지 않게 항상 존재한다. 마치 수풀에 숨어 기다리는 복병과 같다. 지금 당장은 눈에 띄지 않는 리스크에 대비해 자신의 위치를 확인하고, 앞으로 벌어질 일들에 여러 가지 옵션을 준비해두어야 한다. 한국의 금융위기가 가속화되어 1980년대 말처럼 금융시장에 부정적으로 작용할 수도 있을 것이다. 그러면 내 업무도 상당한 영향을 받게 된다.

이런저런 걱정이 꼬리를 물고 이어졌다. 특히 문제를 해결할 능력과 의지가 없는 사람들에게 걱정은 도미노 현상처럼 빠르게 진행되고, 거의 모든 생각이 부정적으로 흐를 수 있다. 그러나 자신의 위치를 파악하고 그에 따라 옵션을 준비해왔다면, 다음 단계로 진행하기가 훨씬 더 수월할 것이다. 준비 정도에 따라 리스크는 충분히 활용이 가능하다.

나는 잠재 리스크를 극복하며 나의 옵션을 열어놓는 방안으로, 회사가 원하는 인재상에 나를 맞추는 것으로 끝나면 안 된다고 생각했다. 앞으로 내가 회사를 골라서 갈 수 있을 만큼 되어야 한다. 그러려면 내가 몸담은 분야에서 이름을 날려야 한다. 가끔씩 걸려오는 헤드헌터의 전화를 무시하지 않고 일단은 만나보는 것도 좋을 것이다.

어느 날 친구와 저녁 식사를 하는데, 건너편 테이블에서 안면이 있는 영국계 회사의 인사담당자가 다가왔다. 어쨌거나 좋은 조짐이다. 일어나 악수를 하고, 이미 알고는 있지만 명함을 교환하고, 언제 한번 만나자며 헤어졌다. 별일 아닌 것 같지만, 이런 사소한 행위도 미래에 일어날 수 있는 리스크에 대비하는 과정이며, 내 옵션을 항상 열어두는 방편이다. 나는 전보다 더 열심히 일했다. 내 일 처리를 바라보는 고객의 평판이 돌고 돌아 다른 회사 사람들의 귀로 흘러 들어가는 법이다.

한편으로 나는 보스턴 쪽 고객을 담당하고 싶었다. 보스턴에는 미국에서 손꼽히는 투자펀드 회사, 메가 헤지펀드 회사가 많고, 세계에서 가장 큰 기관금융투자 회사 세 곳이 있다. 증권 담당자라면 누구나 눈독을 들이는 노른자위다. 그렇게 큰 회사의 고객들에게 평판이 좋으면, 경쟁 회사나 헤드헌터로부터 전화 연락이 오기 쉽다. 하지만 보스턴은 돈이 넘쳐나는 대신 피곤한 면도 많았다. 경쟁이 엄청나게 치열해 거래를 성사시키기 힘들고, 명문 하버드대학 MBA 출신들이 진을 치고 있어 컬럼비아대학 MBA 출신인 나로서는 한참을 분발해야 했다. 근무시간도 길다. 일주일에 출장이 최소한 두 번이다. 아침 9시 첫 미팅 시간에 맞추려면 집에서 5시 30분에 나와, 기다리는 리무진에 몸을 싣고 뉴욕 도심 공항 라과르디아의 델타 셔틀 항공터미널에 6시에 도착, 30분 후 출발하는 셔틀 비행기를 타야 한다. 그 시간에 셔틀 비행기를 타는 월스트리트 종사자는 반드시 실적을 내야 하는 임무를 띠고 비즈니스 전쟁터로 향하는 병사들이다. 꼭 이기고 돌아와야 한다. 병사들은 대부분 셔틀 비행기를 타자마자 곯아떨어진다. 잠깐 눈을 감았다가 뜨면 어느새 보스턴 로건 공항이다. 이제 미팅 스케줄을 확인하며 분주하게 움직여야 한다.

날마다 머릿속에는 '앞으로 어떻게 할까'라는 생각으로 가득했다. 그러던 어느 날, 식당에서 인사를 나누었던 영국계 회사의 인사담당자가 블룸버그 모니터로 메시지를 보내왔다. 블룸버그 모니터는 금융시장의 뉴스와 데이터 분석 정보를 서비스하는 미디어 그룹 블룸버그가 운영하는 모니터로서, 사내의 법무팀 감시망에 포착되지 않아 비밀스런 이야기는 이 모니터로 주고받는다. 메시지는 언제 한번 만나자는 내용이었다.

이틀 뒤 시내 호텔의 커피숍에서 회사 사람들 눈에 띌세라 출입문에서 멀찍이 떨어진 구석자리에 앉았다. 다소 긴장한 마음으로 예상질문과 답변을 준비했다. 곧이어 낯익은 얼굴이 걸어 들어온다. 나는 여기 있다고 손짓을 했다. 누가 영국인 아니랄까봐, 인사담당자는 별 쓸데없는 날씨 이야기를 먼저 꺼냈다. 나는 맞장구를 치면서 머릿속으로는 대화를 어떻게 이끌고 나갈지 방향을 가늠했다. 준비해둔 예상질문은 빗나갔지만 분위기는 나에게 유리한 쪽으로 흘러갔다.

이야기를 들어보니 그 회사에 보스턴 담당자로 합류하려 했던 사람이 못 오게 된 것 같다. 아마 현재 일하는 회사에서 연봉을 더 올려주며 붙잡는 모양이다.

'이때다. 기회를 잡아라!' 내심 쾌재를 불렀지만, 겉으로는 내색하지 않았다. 대화의 주도권을 내가 잡기 시작했다. 연봉 이야기는 지금 상태에서는 금물이다. 상대방이 말을 꺼낼 때까지 기다려야 한다.

"지금 그 팀에는 누구누구가 있습니까?"

이런 질문은 팀 협동에 관한 내 소신을 드러내기에 딱 좋다.

인사담당자가 몇몇 이름을 댔다.

"아! 그 두 사람 잘 압니다. 똑똑한데다 일도 열심히 하는 사람들이지요."

일종의 '선의의 거짓말white lie'을 늘어놓았다. 하지만 상대방을 해코지하려는 악의가 전혀 없고, 원만한 관계가 유지된다면야 이런 거짓말이 뭐가 나쁜가? 인간관계를 원활하게 해주는 윤활유가 아니겠는가?

윗사람 입장에서도 그런 호의적인 말을 들으면 안심이 되나보다. 인사담당자 얼굴에 미소가 떠올랐다.

생각을 정리할 시간이 필요했다. 주말에 혼자 기차를 타고 맨해튼

북쪽 브롱크스에 있는 식물원에 갔다. 이 식물원은 산을 끼고 있어서 산책하면서 명상하기에 딱 좋은 곳이다.

뺨에 닿는 차가운 공기가 신선했다. 생각을 맑게 해주고 흐릿해진 지난 일들을 새록새록 떠올리게 해준다. 눈이 녹기 시작한 산책로에 들어서니 맑은 공기가 곧장 폐로 들어오는 듯했다. 크고 푸른 소나무들을 보며 상념에 잠겼다. 내가 미국에 온 목적은 무엇인가? 30대에는 무엇을 이루어야 할까? 내가 정말 하고 싶은 일은 무엇이며, 인간관계의 본질은 무엇인가? 걸핏하면 화내고 감정에 쉽게 좌우되는 내 성격을 어떻게 고칠 수 있을까? …….

뉴욕에 온 지 10년이 넘어, 이제 나도 거의 뉴요커가 되었다. 베이글에 크림치즈와 훈제 연어를 얹어 먹는 아침이 밥보다 더 익숙하다. 미국 생활의 긍정적인 면과 부정적인 면을 동시에 헤아려보는 시야도 길러진 것 같다. 예를 들어, 자국에서 전쟁을 겪어보지 않은 미국인들은 이상주의를 추구하는 기질 탓에 덩치가 크고 충성심이 강한 개 골든 리트리버와 비견된다. 골든 리트리버는 집이 널찍한 미국 가정에서는 귀여움을 받고 아이들과 잘 뛰어놀지만, 집이 좁은 유럽의 주택에서는 사정이 다르다. 집 안에서 여기저기 부딪쳐 살림살이도 부서지고 난리가 아니다. 아마도 기쁜 감정을 잘 감추지 못하는 기질적 특성 때문일 것이다.

그러나 나는 말 잘 들고 잘 훈련된 개보다는 자유롭게 살아가는 늑대가 더 매력적으로 느껴졌다. 스스로 먹잇감을 찾아 나서는 독자적인 생활방식, 먹이를 구하지 못하면 굶고, 구하면 마음껏 즐기는 삶이 멋져 보였다.

　그날 맨해튼으로 돌아오면서 다짐했다. 물질에만 너무 현혹되지 말고 내 자유 의지로 생활해나가자. 돈을 많이 벌어서 멋진 집도 사고, 세계 여행도 하고, 훌륭한 와인도 맛보고 싶지만, 더 중요한 것이 있다고 생각했다. 내가 이 세상에 태어난 이유를 잊어버리지 말자. 사회가 만들어낸 시스템과 공존하되, 남들이 하는 대로 기존의 가치관을 그대로 따르기만 하지는 말자. 세상의 가치관과 항상 거리를 두고 그 이유와 의미를 분석하며 살아가자. 나 자신을 너무 드러내지 말고 겸손하게 살자.

　기차가 그랜드센트럴 역에 멈추었다.

　나는 역 안에 있는 유명한 스테이크 하우스에서 저녁을 먹었다. 그날의 특별 메뉴인 일본의 고베 비프와 아르헨티나산 말벡 와인이 기막히게 어울렸다. 일본 고베 지역의 소들은 사과와 맥주를 사료로 먹고 매일 마사지를 받으며 자란다고 한다. 그렇게 키워진 소들은 송아지 때부터 사람을 잘 따라 도살장에 갈 때도 아무 의심 없이 따라간다. 그 소들은 결국에는 사람 뱃속으로 들어갈 자신의 최상급 육질이 삶의 유일한 존재 이유임을 깨닫지 못하고, 호의호식을 당연하게 받아들인 것이 아닐까?

나는 고베의 소들처럼 그렇게 의식 없이 살지는 않겠다고 생각했다.

회사는 나를 사랑하지 않는다

호텔 커피숍에서 인터뷰를 한 그다음 주, 영국계 회사의 인사담당 자가 집에 있는 팩스로 고용계약서를 보내왔다. 무려 20페이지나 되었다. 고용계약서는 서명하기 전에 반드시 고용전문 변호사와 상의하여 바꿀 내용이 있으면 바꿔야 한다. 변호사에게 쓰는 비용이 아깝다는 생각이 들어, 예전에 이스트햄튼에서 휴가를 같이 보낸 친구에게 연락했다. 그 친구는 하버드대학원 법대 출신으로 유명 투자 금융 회사의 법률담당자다. 아주 명석하면서도 여느 변호사들과 달리 사람들과 잘 어울렸다. 집에 사람들을 초대해 귀한 와인과 치즈를 내놓고, 거실 벽에 걸린 장 미셸 바스키아와 앤디 워홀의 그림을 설명하며 식견을 과시하기도 했다. 얼마 전 나는 그 친구에게 배우 스칼릿 조핸슨을 빼닮은 아리땁고 똑똑한 펀드매니저를 데이트 상대로 소개해준 적이 있다. 그는 흔쾌히 고용계약서를 검토해주었다.

친구는 두 문장을 고쳐 회사에 보내라고 했다. 하나는, 회사가 날 고용하는 것은 회사와 나의 의지at will이지만, 만약 회사가 날 해고할 때 약정한 보너스를 주지 않는 경우는 내가 법을 어기고 사회적으로 심각한 범죄를 저질렀을 때로 국한한다는 조항이었다. 다른하나는, 만약 회사가 합병될 경우에 합병을 주도하는 회사는 이 고용계약서를 인정해야 한다는 내용이었다. 친구 덕분에 변호사 비용 2,000달러를 아꼈다.

회사를 옮기려는 마음이 굳어질 무렵, 또 다른 갈등에 빠졌다. 지금 회사로부터 '은혜'를 입었다는 생각 때문이었다. 언젠가 동료 한 명이 이런 말을 한 적이 있다.

"자네는 미국식 생활방식을 잘 받아들이는 사람이야. 그런데 가끔씩은 놀라우리만큼 동양적인 특징이 드러나더군."

동료가 말한 '동양적인 특징'이 무슨 뜻인지 알 것 같았다. 내 모습에서 언뜻언뜻 소극적이거나 순응적인 태도가 보인다는 의미일 것이다. 그런데 동료가 잘못 생각했다. 그런 내 모습은 강요된 충성이나 복종이 아니라 내 마음에서 우러나오는 행동이었다. 내 자유 의지로 고마운 마음을 표현하려는 지극히 당연하고 자연스러운 행동이었다. 이런 행동은 인도의 철학자 지두 크리슈나무르티가 설파한 "자유라는 것은 '예'라고 대답하고 싶으면 '예'라고 말하고, '아니요'라고 대답하고 싶으면 '아니요'라고 말하며, 말하고 싶지 않으면 아무 말도 하지 않는 것이다"라는 생각과 가까웠다. MBA 과정을 마치고 증권부에 배치되었을 때, 부서장의 도움을 많이 받았다. 그 부서장은 지금 CEO 위치에 있다. 그래서 회사를 떠난다는 말을 그에게 어떻게 전할지 며칠을 고민했다. 친한 동료들에게 자문을 구했더니 한 동료가 말했다.

"자네가 그러고 싶으면 회사를 사랑해도 돼. 그러나 회사는 그렇게까지 자네를 사랑하지 않을 거야.You can love your company as much as you want, But the company will not love you back."

짧고도 의미 있는 조언이었다. 그렇다. 나는 은혜를 배신하려는 것이 아니라, 내 인생에 최선을 다하려고 노력하는 것이다. 나를 이끌어준 사람을 떠나려는 것이 아니라, 내 의지를 실천하려는 것이다. 그렇게 마음을 다잡았다. 나는 고용계약서 조항을 정정하고, 첫 출근일을 4월 첫째 주 월요일로 적은 뒤 서명하여 인사담당자에게 팩스로 송신했다.

몇 번이나 뜯어고친 사직서를 재킷 안주머니에 넣고, 아침 여섯 시가 넘어 사장실로 향했다. 사장은 항상 여섯 시에 출근한다. 오늘 사직서를 제출하는 이유가 있다. 내일이 보너스가 입금되는 날이기 때문이다. 오늘 사직서가 수리되면 일 년 동안의 보너스는 제로가 된다. 나는 보너스를 포기함으로써 사장에게 미안함과 고마움을 표현하고 싶었다. 아무에게도 말하지 않고, 나 혼자 신중하게 내린 결론이었다.

"아니, 웬일로 이렇게 일찍 찾아왔나?"

사장이 놀란 얼굴로 물었다. 나는 사직서를 책상에 놓았다.

"죄송합니다. 지금까지 따뜻하게 보살펴주셔서 감사합니다."

뜻밖에도 눈물이 흘러나왔다. 두 사람 사이에 잠시 침묵이 흘렀다. 사장이 웃으며 말을 꺼냈다.

"그만둘 때 그만두더라도 내일 나오는 보너스는 받아야지. 모레 그만두게. 그래도 돼."

"아닙니다. 이것으로나마 제 감사의 뜻이 전해졌으면 좋겠습니다."

나는 단호하게 말하고 사장실을 떠났다. 내 자리로 돌아와 사직을 발표하니, 옆자리의 미국 동료가 자기 몫의 보너스가 더 늘어나게 됐다면서 '진심'으로 고마워했다.

새 회사로 출근할 때까지 여유가 좀 생겼다. 여행 계획을 짰다. 그동안 미술 갤러리에 드나들면서 알게 된 아르헨티나 출신 미술가 친구 다미안을 찾아가 보는 것도 좋을 것 같았다. 남아메리카에 오면 놀러 오라는 권유를 전부터 받았지만, 그 당시는 아르헨티나가 외환 위기를 겪기 직전이었고, 연일 벌어지는 시위 때문에 환율도 들썩였다. 지금은 달러 강세에다 여행하기 좋은 계절이었다. 웅장한 안데스 산맥에 펼쳐진 파타고니아에 가본다면 얼마나 멋질까! 파타고니아는 맑은 강과 호수를 끼고 있어 유럽과 미국 갑부들의 투자 선호 지역이다. 치안도 완벽해 겨울에는 스키 인구가 몰려 '작은 스위스'라고도 불린다. 그래, 먼저 브라질로 가서 며칠 둘러보고 아르헨티나로 가자.

아르헨티나의 다미안에게 전화를 했더니, 다미안도 아내와 함께 파타고니아에 가겠다고 한다. 내 마음은 벌써 뉴욕을 떠나 아르헨티나의 파타고니아에 가 있었다. 그동안 쌓인 마일리지를 이용해 브라질 리우데자네이루를 거쳐 아르헨티나까지 가는 비행기 표를 예약했다.

코파카바나에서
파타고니아까지

남아메리카행 비행기는 뉴욕에서 대부분 자정 무렵에 출발해 아침에 도착한다. 삼바를 추며, 카이피리냐Caipirinha를 마시며, 로디지오Rodizio 불고기를 실컷 먹을 생각을 하니, 기내식에 손이 가지 않았다. 카이피리냐는 맛은 모히토지만 알코올 함유량이 훨씬 높은 브라질 전통 칵테일이다. 로디지오 불고기는 식탁에 있는 신호등을 빨간불로 바꿀 때까지 웨이터가 계속 구운 고기를 가져다주는데 맛이 끝내준다.

리우데자네이루 공항에 내려 택시를 타고 코파카바나로 향했다. 열린 차창으로 들어오는 후텁지근한 열대성 바람이 좋다. 해변이 눈앞에 펼쳐지면서 모래사장에서 비치발리볼을 즐기는 사람들이 눈에 들어온다. 모두 뱃살 하나 없다. 물속에서 걸어 나오는 여자들의 비키니 차림이 아슬아슬하다.

드디어 뉴욕의 겨울에서 벗어나 열대의 리우데자네이루로 들어선 실감이 났다. 코르코바도 산 정상의 거대한 그리스도상 앞에서 바라본 리우의 광경은 이 도시가 영화나 음악의 주제로 자주 등장하는 이유를 말해준다. 눈앞에 대형 경마장이 펼쳐져 있고, 멀리 '설탕 빵'이라는 뜻의 팡지아수카르Pão de Açúcar 산이 보인다. 007 영화 〈문레이커Moonraker〉에도 나왔던 케이블카가 대서양 위를 천천히 움직여 그 산으로 향하고 있다.

그날 밤 우리 일행은 코파카바나에서 떨어진 해변 지역 이파네마로 갔다. 클럽에 들어가니 일본인 3세들이 연주하는 재즈 블루스가 흘러나온다. 유명한 보사노바 음악 〈이파네마에서 온 소녀The Girl from Ipanema〉였다. 노래를 부른 라이브 싱어의 이름이 공교롭게도 게이코다. 브라질 태생의 일본 가수 리사 오노처럼 가냘픈 목소리에 변주된 더블베이스 소리가 더해져 참으로 로맨틱하다. 사실, 브라질은 일본 다음으로 일본인이 많이 사는 나라다. 19세기 말과 20세기 초 유럽의 제국주의가 팽창 일로에 있을 때, 일본 남부의 가난한 농가의 둘째, 셋째 아들들이 하와이, 페루, 브라질 등지로 노동 이민을 온 것이 그 이유다. 브라질은 겉으로 보기에는 활기차고 평화롭지만, 안으로는 빈부격차와 인종갈등이 심각하고 최근에는 아동 장기

매매가 빈번하게 일어난다.

느지막이 코파카바나로 돌아오니, 몇 주 전 카니발 기간에 신나게 몸을 흔들어댔을 법한 브라질 사람 몇 명이 카니발 의상을 입고 춤을 추고 있다. 브라질 사람 특유의 리듬감이 몸에 배어 머리, 어깨, 허리, 엉덩이가 다 따로 노는 특별한 재주가 있는 것 같다. 나도 따라 추면서 오랜만에 회사 일을 잊고 몸과 마음의 자유를 맛보았다.

리우에서 나흘 동안 열대야에 시달린 후, 부에노스아이레스 공항에서 다미안 가족을 만났다. 부에노스아이레스는 1930년대까지만 해도 뉴욕과 경쟁할 만큼 경제력이 있었고, 유럽에서 이민 오는 사람들이 선호하는 도시였다. 라플라타 강과 대서양이 합쳐지는 이곳 부에노스아이레스에 사는 사람들을 '포르테뇨porteño(항구 사람들)'라고도 부른다. 이곳에는 멋 부리기 좋아하는 이탈리아 사람, 열심히 일하는 스페인과 포르투갈 사람, 철도기술을 갖고 온 영국 사람, 동유럽에서 미래를 꿈꾸며 온 러시아계, 폴란드계 유대인, 2차 세계대전이 끝난 뒤 대거 이민 온 독일계 사람 들이 다양하게 모여 살고 있다. 1940년대에 대통령 부인이었던 에바 페론을 주제로 만들어져 마돈나도 열창한 노래가 있다. 〈아르헨티나여, 나를 위해 울지 마오Don't Cry for Me Argentina〉이다. 이 노래 가사가 말해주듯, 아르헨티나는 군부독재 정치가 끝난 뒤 여느 남아메리카 나라들처럼 부정부패로 얼룩졌다. 날이 갈수록 치솟는 인플레이션 때문에, 식당에서 저녁 한 끼 먹으려면 페소peso(아르헨티나 화폐 단위)화가 가득 든 돈 가방을 가져와야 했다고 한다.

1970년대에는 한국인도 이민을 많이 왔다. 농업과 축산업에 종사할 뿐 아니라 식당이나 옷가게에서도 한국인을 자주 만날 수 있다. 쇠고기를 즐겨 먹는 아르헨티나는 주말이 되면 정원에서 장작불을 피워 석쇠를 얹고 그 주위에 둘러앉아 시간을 보내는 게 문화로 정착됐다. 주말에 날씨가 화창하면 아버지들은 장작불 피울 생각에 아침부터 들떠 있다. 수제 가죽을 씌운 항아리에 마테mate라는 카페인이 강한 허브차를 만들어 넣고, 빨대 하나로 가족, 친구, 방문자 모두 돌아가며 마시면서 가족애와 우애를 나누고, 고기가 연기를 내면서 익을 동안 여러 주제로 이야기꽃을 피운다.

다미안은 그런 문화를 잊지 못해 뉴욕에 와서도 아파트 비상계단에서 고기를 굽다가 소방차가 출동해 혼쭐이 난 적 있다. 오래된 소니 시디플레이어에서 탱고 음악이라도 나올 때면, 부정부패가 만연하기는 해도 미우나 고우나 고국을 그리워하는 다미안 부부에게 동병상련을 느끼곤 했다.

불고기 먹는 법은 우리와 다르다. 각 부위를 구운 다음, 식지 않게 작은 석쇠 위에 올려놓고 각자 집어 먹는데, 좋은 부위가 나올 때마다 손놀림이 빨라지고 금세 동이 난다. 한국인이 즐겨 먹는 곱창도

'친출린Chinchulin'이라고 해서 아주 바삭하게 구워 먹는다. 다미안이 고기를 굽는 동안, 나는 1970년대 디스코에 흥이 나서 어깨를 들썩이며, 뉴욕서 익힌 스페인어로 다미안 가족들과 이야기를 했다. 술만 들어갔다 하면 꼭 나오는 음담패설도 오간다. 아르헨티나 사람들은 얼굴이 화끈거릴 만큼 진한 농담을 프로이트의 심리 분석을 섞어가며 잘도 떠들어댄다. 내가 '건배'를 외치자 모두 잔을 들었다. 그때 다미안의 아내 둘시의 친정어머니 디나가 나직한 목소리로 말했다.

"여기가 네 집이라고 생각하렴. 넌 우리 가족이야. 사랑해."

엄마처럼 푸근하다.

파타고니아행 비행기가 가파른 안데스산맥의 가운데를 날고 있다. 밑으로 보이는 강물과 산의 수목들이 웅장하다. 예약해둔 자오자오 레이크 가까이 있는 숙소로 가니, 통나무로 만든 로지lodge는 미국식도 유럽식도 아닌 아르헨티나 고유의 세련된 형태였다. 가우초gaucho라고 불리는 이곳의 카우보이들이 운영하는 목장으로 저녁을 먹으러 갔다. 나는 푸른 하늘과 연못을 둘러싼 숲을 바라보며 결심했다. 앞으로 어떤 힘든 일이 닥쳐와도 절대 불평하지 않고 이 순간을 기억하겠노라고. 이 따뜻한 우정과 자연을 만끽하는 순간을……

파타고니아에는 2차 세계대전이 끝난 후 독일, 스위스, 오스트리아인들이 대거 이민을 와서 마치 영화 〈사운드 오브 뮤직The Sound of Music〉에 나오는 사람들 같은 복장을 하고 길쭉한 스위스 호른(파이프 악기)을 불며 사는 유럽풍 마을이 많다. 이탈리아계와 동유럽계 이민자들이 합세해 파스타, 카놀리Cannoli, 공예품을 파는 상점이 즐비한데, 이들이 사용하는 스페인어는 콜럼버스의 고향인 이탈리아 제노바 식 악센트가 섞여 있다. 이 모든 것이 풍부한 볼거리였다.

다음 날 아침은 현지에서 직접 만든 라즈베리 잼과 갓 구운 빵에 진한 아르헨티나 커피를 마시고, 다미안 부부와 하이킹을 떠났다. 가이드는 시냇물이 아무리 맑아 보여도 유해성분이 있으니 절대 마시지 말라고 신신당부를 한다. 산 정상까지는 세 시간이 걸렸다. 정상에는 여름에도 얼음이 완전히 녹지 않는 네그라 호수가 있다.

세계적인 부호, 특히 이탈리아 패션그룹 베네통 가문이나 자동차 회사 피아트를 세운 아녤리 가문이 매입했다고 전해지는 이곳은 공기가 그렇게 깨끗할 수가 없고, 빼어난 경관 때문에 겨울이면 스키 타러 오는 사람들로 인산인해를 이룬단다. 네그라 호수는 그야말로 장관이었다. 어찌나 맑은지 물 아래 돌도 훤히 비치고 색깔은 푸르다 못해 이름 그대로 거무스름했다. 나는 백팩을 내던지고 내달렸다. 푸른 하늘과 맑은 물 사이를 한 마리 토끼처럼 달려 옷을 홀러덩 벗고 물속으로 첨벙 뛰어들었다. 한여름인데도 호수의 물은 아주 차가왔다. 그렇게 몇 초 지났을까? 갑자기 내 심장이 천천히 뛰는 것 같았다. 다미안이 빨리 나오라고 다그치는 소리가 귓가에 희미하게 맴돌았다. 물 밖으로 나오려고 했지만, 생각보다 깊었다. 머리 끝이 쭈뼛해지면서 공포가 엄습했다. '아! 이렇게 심장마비가 오나보다…….' 다미안이 물로 뛰어들어 내 머리끄덩이를 낚아챘다. 오돌오돌 떨면서 물 밖으로 기어 나오니 가이드와 둘시가 어이없다는 눈으로 나를 바라보았다.

이디시어를 섞어 쓰다

파타고니아의 기억을 간직한 채 뉴욕으로 돌아온 나는 새 직장으로 출근했다. 일을 더 잘해야겠다는 생각에 다소 부담스럽기까지 했다. 새 회사는 영국계 회사라 그런지 오스트레일리아 출신 직원이 많았다. 그 사람들의 악센트가 너무 달라서 번번이 "뭐라고요?" 하며 물어봐야 했다. 예를 들어, 'day'와 'die'를 똑같이 '다이'라고 발음해서 'Today is a good day to die.'가 'To die is a good die to die.'로 들린다. 이 회사를 다니면서 내 미국식 영어 발음이 무척 신경 쓰였다. 런던 본사 직원과 전화 회의를 할 때면 미국 사람은 미국 발음, 오스트레일리아 사람은 오스트레일리아 발음, 영국 사람은 정통 자기네 발음으로 말하고, 여기에 스코틀랜드식 발음, 아일랜드식 발음,

싱가포르의 싱글리시 등 온갖 영어가 뒤섞였다. 문제는, 같은 영어라도 어떻게 쓰느냐에 따라 차별을 받을 수도 있다는 점이다. 금융 수학이 발달한 프랑스 출신 프로그램 트레이더들은 프랑스식 영어를 구사해도 그 나름대로 우수한 프랑스 문화라고 인정받는다. 독일식 영어는 힘이 넘친다. 정확한 단어를 사용하고 어쩌면 영국인보다도 더 올바른 영어 문법을 쓴다. 일본 사람들은 도쿄 주식시장인 니케이 시장이 워낙 크므로, 그 시장 정보만으로도 대우를 받는다. 그밖에 미국을 제외한 옛날 영국의 식민지 출신 나라들은 알게 모르게 미국의 힘에 대항하려고 자기네들끼리 뭉치려고 한다. 그 틈새에 끼어 나도 살길을 찾아야 했다.

나는 표준 유럽 영어Standard European English로 바꾸기 시작했다. 미국식이나 영국식 발음이 아니라 예컨대, 북유럽 또는 네덜란드 사람들처럼 자기네 고유의 악센트를 유지하면서 정확히 영어를 구사하는 방식이다. 내가 미국인 또는 영국인처럼 자연스럽게 말이 쏟아져 나오거나, 잘 모르는 분야에서 재빨리 임기응변을 발휘할 만한 영어 실력이 안 되므로 모든 특징을 융합해 내 것으로 만들어야 했다. 예전에 코미디 수업 때 배운 것처럼, 문법이 정확한 말과 문법이 틀리지만 재미있는 말을 때와 장소에 맞추어 적절하게 사용하는 법을 익혀나갔다. 거기에 유럽계 유대인이 쓰는 이디시어Yiddish를 적당히 섞어 쓰면 현재 미국의 금융계, 방송계, 제조업계 등지에서 큰 소리 좀 친다는 유대인과 쉽게 친해질 수 있다. 언제, 어디서, 어떻게 적절한 단어를 써야 하는지 터득하는 것은 내가 감당할 몫이었다.

뉴욕 어디를 가더라도 1920년대부터 러시아, 폴란드, 헝가리 등 동유럽에서 건너온 유대인의 후손을 볼 수 있다. 처음 뉴욕에 왔을 때 한 유대인 친구가, 추수감사절을 홀로 보낼 내가 불쌍해 보였는지 자기 집으로 초대했다. 기차역으로 마중 나온 그 친구의 차를 타고 5분쯤 가니 숲이 우거진 곳에 족히 수백만 달러는 돼 보이는 집이 나타났다. 주차장에는 독일산 고급 자동차가 가족 수만큼 주차되어 있었다. 친구 아버지는 말수가 적은 교수였고, 어머니는 맨해튼의 유명 법률회사에 다니는, 성공한 유대인의 전형적인 모습이었다. 벌써 주눅이 든 나에게 어머니가 물었다. 아페리티프(식사 전에 식욕을 돋우려고 마시는 술 종류)로 무엇을 마시고 싶은지, 음식에 알레르기는 없는지, 칠면조는 다리 살과 가슴살 중에서 어느 부위를 원하는지, 그레이비 소스는 고기 위에 얹을 건지 따로 찍어 먹을 건지, 한국에서는 펌프킨(미국 호박) 파이를 먹는지……. 내 친구가 "엄마, 이제 좀 그만 물어봐요." 할 때까지 온갖 질문에 대답하느라 진땀을 뺐던 기억이 아직도 생생하다.

그 후 나는 미국 유대인의 문화를 이해하려고 애썼다. 특히 그들의 영어 발음에 흥미가 많았다. 러시아어와 발음이 비슷한데, 모음을 길게 빼서 발음하는 특징이 있었다. 이탈리아계나 아일랜드계 뉴요커와도 다르고 콧소리가 많이 들어간다. 한국에도 널리 알려진 영화감독 우디 앨런, 가수 바브라 스트라이샌드, 최근까지 연방준비제도이사회 의장을 지낸 재닛 옐런 같은 사람이 하는 말을 떠올려보라. 옛날 유대인 조상들이 엘리스 아일랜드 이민심사국을 통과할 때 영어식으로 성을 바꾼 경우가 많아 이름만으로는 유대인을 구별하기 어렵다. 그러나 몇 분만 이야기를 해보면 먹는 음식, 토요일에 쉬고 일요일에 일한다든지 하는 여러 풍습이 달라 금세 유대인 티가 난다. 특히 크리스마스이브에 모든 가게와 식당이 문을 닫을 때도 유일하게 영업을 하는 차이나타운의 식당에서 저녁을 먹는 사람들 중에는 유대인이 아주 많다. 이들은 돈을 버는 데는 물불을 안 가린다. 유대인 친구를 사귀고, 그들의 문화를 이해하려고 했던 이유는 나 역시 미국 내 소수 민족이라는 점도 있지만, 유대인의 교육방식이나 부모 자식 관계가 한국과 매우 흡사했기 때문이다.

경쟁에서 이기는 것만을
생각하면 안 된다

회사를 옮기고 여섯 달쯤 지났을 때다. VIP 고객들을 이끌고 매디슨 스퀘어 가든에서 열리는 농구 경기를 보러 갔다. 고객들을 태우고 갈 리무진과 입장권은 다 준비해놓았다. 매디슨 스퀘어 가든에는 유리벽으로 된 특별 고객실이 있다. 중계방송을 들으며 비즈니스 상담을 할 수 있도록 방음 장치를 한 방이다. 그 방에 들어가면 농구 경기를 바로 눈앞에서 생생하게 볼 수 있다. 그뿐이랴! 얼음 위에 바닷가재, 킹크랩, 굴, 캐비아, 최고급 샴페인을 차려놓고 먹고 마시며 응원도 하다가, 거액이 오가는 비즈니스 거래가 이루어진다. 내가 전 직장에 그대로 머물러 있었다면, 이런 큰손들을 못 만났을 테고 이런 대형 이벤트와 호사도 누리지 못했을 것이다. 이제는 주요

행사 때마다 회사를 대표해 고객에게 설명도 하고 앞으로 증권시장의 전망에 대해 코멘트하는 자리까지 올랐다.

하지만 거기에는 대가가 따를 수밖에 없었다. 전에는 느끼지 못했던 피 말리는 경쟁이 시작되었다. 매일 아침 실적 현황이 프린트되어 책상 위에 놓였다. 그전 회사에서는 신입사원 때부터 내가 성장하는 모습을 선배들이 성원하고 지켜봤다면, 지금은 선후배 가릴 것 없이 모두가 경쟁자였다. 모두 서로 간에 일정한 거리를 두고 소닭 보듯이 데면데면했다. 어쨌거나 나도 새 동료들을 사귀어야 하는데, 전 회사의 게이코처럼 조곤조곤 코치해주는 사람이 없었다. 무엇이든 혼자 개척해나가야 했다. 반은 유대인의 악센트로, 반은 우스갯소리를 섞어가며, 또는 일을 마치고 내 돈으로 술을 사면서 회사 친구들을 만들려고 기를 썼다. 원래 나는 술을 한 방울도 못 마셨는데, 이때부터 마시기 시작했다. 그렇게 몇 달이 더 흘렀다. 차츰 회사를 잘못 선택한 게 아닌가 하는 생각이 들기 시작했다. 나보다 먼저 입사한 동료들이 텃세를 부리며 나를 굴러온 돌 취급했다. 나에게 뭔가를 터놓고 이야기하지도 않고, 오로지 경쟁자로만 여겼다. 직장을 옮기고 마음고생을 겪으며 내 성격도 거칠어지는 것 같았다. 동료들의 성향과 조직문화, 특히 나를 스카우트한 상사의 성격을 고려하지 않은 채 보스턴 근무와 연봉과 보너스 금액만 중요시해 이직을 선택한 내 탓도 크다. 그러자 하루하루가 지긋지긋해졌다. 어찌나

지겨웠던지, 다이어리에 보너스를 받는 이듬해 2월의 날짜를 적어놓고는, 며칠 남았는지 매일매일 헤아리며 살아갔다. 앞으로는 회사를 옮길 때 정말 신중히 선택하리라 마음먹었다. 그럼 지금은? 내년 2월까지 참는 것 외에 별 뾰족한 수가 없었다.

그러던 어느 날, 뉴욕에 허리케인이 몰려와 뉴욕 증권거래소가 일찍 마감했다. 마침 연휴가 맞물리면서 게이코가 업스테이트 뉴욕(뉴욕주에서 뉴욕 대도시권에 속한 곳을 제외한 지역. 현재 뉴욕의 북부, 중부, 서부를 뜻한다)으로 골프를 치러 가자고 연락을 해왔다. 흔쾌히 찬성했다. 태풍이 온 탓에 한산하고 호텔도 구하기 쉬울 것 같았다.

고속도로에서 자꾸 추월해 가려는 차량에 신경이 거슬려 나도 서두르다 골프장 진입로로 이어지는 램프를 놓쳐버렸다. 그다음 램프에서 빠져나와 한참을 돌아 골프장에 도착하니 비가 내리고 있었다. 촉촉히 젖은 드넓은 필드는 조용했다. 가을의 고요함 속에서, 나는 예전에 골프 칠 때는 느껴보지 못했던 자유를 만끽했다. 5번 클럽만 가지고 내 마음대로 휘두르며, 비에 흠뻑 젖는 느낌을 뭐라고 표현해야 할까? 내 목을 옥죄던 사슬이 스르르 풀리는 듯한 기분이었다. 자연과 교감하면서 경쟁이라는 거추장스러운 옷가지를 훌훌 벗어 내던지는 느낌이었다.

그때 결심한 것이 있다. '3F를 실천하자!' 지금 회사 사람들을 용서하고Forgive, 나쁜 기억은 잊어버리고Forget, 앞을 보고 내 삶의 목적을 추구하며 차근차근 나아가기Forward. 못살게 굴며 텃세나 일삼는 동료를 용서하자. 그 사람도 그 나름의 이유가 있었으리라. 지나간 일은 마음에 담아두지 말자. 똑같은 실수를 하지 않겠다고 다짐하고, 이 회사를 택한 나 자신도 용서하자. 경쟁에서 이기는 것만을 생각하면 안 된다. 내가 지향하는 목적에 더욱더 신경을 쓰고 그에 부합하는 사람이 되자. 경쟁에만 지나치게 몰두하면, 그만큼 잃는 것도 많을 테니까…….

제3장

/

일하고
공부하고
여행하고

퇴사는 주저 없이

해가 바뀌어 2000년 1월이 되었다. 이제 곧 보너스 받는 날도 다가오고, 슬슬 새 직장을 알아볼 때가 되었다. 그해의 증권시장 환경이 그다지 좋지는 않았으나, 현재 회사에 계속 눌러앉아 있을 생각은 전혀 없었다.

이 회사에 들어와서부터는 늘 새벽 다섯 시에 알람이 울린다. 손이 반사적으로 움직여 알람을 끈다. 사방은 캄캄하다. 침대에 그대로 누워 있다. '출근하기 싫다!' 그렇게 10분을 더 뭉그적거렸다. 억지로 몸을 일으켜 커피를 뽑아 마시고, 쓸데없는 상념에 잠기다보니 벌써 여섯 시가 가까워온다. 도쿄는 지금 저녁 일곱 시. 도쿄에 전화를 걸어 증권시장 마감 현황과 기관투자가들의 포트폴리오를 체크하고, 주가가 2퍼센트 이상 등락한 종목이 있으면 그 이유를 설명해 줘야 한다. 그러나 오늘은 하기 싫다. 죽어도 하기 싫다. 어느덧 여섯 시 반. 평소 같으면 벌써 회사 책상에 앉아 블룸버그 모니터를 보면서 도쿄의 트레이더에게 전화로 의문 사항을 물어야 할 시간이다.

하지만 오늘은 그러지 않기로 마음을 굳혔다. 내가 삶에서 원하는 게 무엇인지 곰곰이 생각해보기로 했다. 회사에 전화를 걸었다. 어김없이 상냥한 비서의 목소리가 들려온다.

"안녕하십니까?"

"음, 음…… 오늘은 몸이 좋지 않아 집에 있으려고 합니다. 급한 일이 있으면 휴대폰으로 전화해요."

"네, 알겠습니다. 몸조리 잘하세요."

차라리 잘됐다. 1년에 30일을 휴가로 쓸 수 있는데, 제때 사용하지 않으면 법무팀에서 잔소리를 한다. 아파트 지하에 있는 헬스장에 가서 수영을 할까, 아니면 게이코를 불러 차이나타운에 딤섬을 먹으러 갈까 하다가 생각을 고쳐먹었다. 오늘은 나 혼자 생각해봐야 할 것이 많다. 현재 직장에서 마음이 떠난 바에야, 헤드헌터의 말마따나 보너스나 챙기고 다른 회사로 이직하는 게 나을 것 같다.

워싱턴 가 스퀘어파크 근처의 카페에서 책을 읽으며 조용히 쉴 요량으로 아파트를 나섰다. 뉴욕의 겨울은 찬바람이 매섭게 불지만, 햇볕이 쨍쨍 드는 오늘 같은 날은 산책하기에 좋다. 얼어붙은 분수대 옆에 한 남자가 그랜드피아노를 갖다 놓고 에릭 사티의 〈짐노페디Gymnopédies〉를 연주하고 있다. 바구니에 돈을 넣어주고 또 걷기 시작했다. 그때 휴대폰이 울렸다.

"여보세요."

"켄, 나 사이먼이야."

전 직장에서 같이 일하던 동료였다. 지금은 독일계 투자은행에서 일하고 있다. 사이먼의 말이 이어졌다.

"잘 지냈어? 지금 통화 괜찮아?"

"응. 무슨 일인데?"

"우리 회사로 와서 같이 일하지 않을래? 자네 의견을 들어보려고. 지금 보스턴 담당 자리가 하나 비었거든. 2월에 보너스 받은 다음 여기서 같이 일하면 좋겠는데……."

"계약 기간이 몇 년인데?"

"작년 말부터 닷컴 버블이 사그라졌잖아. 요즘은 대부분 일 년밖에 개런티를 주지 않아. 어때? 인터뷰 날짜 잡아줄까?"

이직 시즌이 시작되었나보다. 곧 만나자고 마무리 인사를 하며 전화를 끊으니 마음이 또 조급해진다. 어차피 떠나고 싶었던 회사. 상사와 더 부딪치지 않고 이렇게 떠나는 것도 나의 카르마를 깨끗이 간직할 수 있는 좋은 방법인 것 같다. 무엇보다 보스턴 담당이라는 점이 마음에 들었다.

기다리던 보너스가 통장에 입금되는 날에는 회사가 이상하리만큼 조용했다. 모두 일하는 척하지만, 마음은 콩밭에 가 있다. 드디어 오전 열 시. 통장을 확인해보니 돈이 들어왔다. 돈이 주는 감정의 기복은 참 묘하다. 보너스를 기다릴 때의 설렘이 막상 통장에 입금되고 난 뒤의 기쁨보다 더 크다. 액수를 체크한 뒤의 희열이 안티클라이맥스로 이어지기까지는 채 3분도 걸리지 않는다. 이제부터는 새 직장을 알아보러 다녀야 한다.

그날 오후 월스트리트에서 아주 가까운 사이먼의 회사 근처에서 담당 부서장을 만났다. 인터뷰 때는 상대방의 말을 경청하면서도 질문을 주도하는 게 좋다. 그러고 나서 며칠 후 2년 계약의 고용계약서가 날아왔다. 나는 두 가지 조항을 직접 고쳐 제출했다. 만약 회사가 날 해고할 때 약정한 보너스를 주지 않는 경우는, 내가 법을 어기고 사회적으로 심각한 죄를 범했을 때만 해당되며, 회사가 합병이 될 경우에는 합병을 주도하는 회사 역시 이 고용계약서를 인정해야 한다는 내용이었다.

미얀마 명상

며칠 후 밸런타인데이에 게이코와 소호로 저녁을 먹으러 나갔다. 예약하기가 하늘의 별 따기라는 레스토랑인데, 일찌감치 예약해둔 덕에 자리를 잡을 수 있었다. 대구 요리와 오리 가슴살 요리에 뉴질랜드산 와인을 주문했다. 대학원 논문보다 두꺼운 와인 목록을 들춰가며 가성비까지 고려해 와인을 고르는 것은 대학원 논문심사보다 어려웠다. 30분 전에 미리 주문해야 한다는 쇼콜라 수플레 디저트는 기대감을 북돋웠다. 이렇게 편안하고 고급스러운 분위기에서 가까운 사람과 즐거운 시간을 보낼 수 있다는 것이 행복하다. 그러나 제아무리 최고급 로마네 콩티라 하더라도, 마음이 맞지 않는 사람이나 거래를 따내야 하는 고객과 함께 스트레스를 받으며 마신다면, 오랜 친구와 마시는 값싼 와인보다 못할 것이다. 직장도 마찬가지가 아닐까?

그 후로 나는 인생과 돈의 의미에 대해 고민이 깊어졌다. 돈으로 행복을 살 수는 없다지만 내가 경험한 바로는 돈이 가져다주는 행복도 상당히 많다. 그렇다면 돈이 얼마쯤 있어야 행복할까? 생각해보니 그 답은 내가 얼마를 벌어야 하느냐보다, 얼마를 덜 써도 내 행복을 유지할 수 있느냐에 달려 있었다. 직장인이 된 후 지난 세월을 돌이켜보면 수입이 늘수록 지출 역시 급격히 늘어났다. 그런데 아무리 훌륭한 식당의 고급 음식이라도, 뉴욕에 처음 도착해 99센트 할인 가격으로 맥도날드 빅맥 두 개를 사 먹었을 때보다 뿌듯한 적은 없다. 그때는 차이나타운에서 사온 채소만 볶아 먹어도 행복했다. 그 시절의 소박한 행복감은 뉴욕 최고의 레스토랑 '르 베르나르댕Le Bernardin'에서 와인과 광어 요리를 먹을 때보다 못하지 않았다. 그때부터 나는 TV 시청을 끊었다. 온갖 유혹으로 넘쳐나는 광고에 현혹되지 않기 위해서였다. 신문 기사도 내가 분석하고 검토해서 취사선택했다. 맹신은 금물이다! 그러려면 더 많이 공부하고 나 자신을 믿을 수 있어야 한다.

새 직장에 들어가기 전에 잠시 동안 미얀마를 방문하기로 했다. 그곳에서 명상 프로그램에 참가해 혼란스러운 마음을 다스리고 싶었다. 과거에 중국에 조공을 바치고 영국의 지배를 받기도 한 미얀마에는 명상 프로그램을 잘 갖춰놓은 절이 많았다.

미얀마에 도착해 개인용품 하나 없이, 절에서 그냥 명상을 하는 나날이 계속되었다. 탱크에 받아놓은 물을 끓여 먹으며, 욕망을 없애는 방법으로 사람을 눈여겨보지 않고, 두 끼의 단체 식사시간을 제외하고는 혼자 앉아 명상을 했다. 시간의 흐름이 장소에 따라 달라진다는 것을 새삼 느꼈다. 새벽 네 시에 기상을 알리는 종소리가 울리면 얼굴을 씻고, 어린 스님들이 마을을 돌며 얻어온 밥으로 여섯 시에 아침 식사를 한다. 그다음부터 앉아서 명상을 하다가, 낮 열두 시에 그날의 마지막 식사를 하고, 저녁 아홉 시까지 명상이 이어졌다. 이틀째가 되자 허리가 아파온다. 이리저리 몸을 비틀면서도 잡념이 그냥 자연스럽게 흘러가도록 내버려두었다. 그토록 느리게 느껴지던 시간이 조금씩 흘러가기 시작했다. 나중에는 책이 없어도, 음악이 없어도, 혼자 머릿속을 지우는 연습만으로도 시간이 잘 흘러갔다. 뉴욕의 월스트리트와는 완전히 동떨어진 세상이었다.

존에프케네디 공항으로 돌아오자마자 나는 다시 뉴요커가 되었다. 길을 돌아가려는 택시기사와 언쟁을 벌이고, 뉴욕에 아파트를 한 채 더 사야겠다고 마음먹고, 이번 회사에서 올려야 할 실적을 체크하고……. 미얀마의 명상 생활은 온데간데없었다. 또 다른 가면을 쓰고, 때로는 거칠게, 때로는 웃음으로 직장생활을 해나갈 것이다.

게이코한테서 연락이 왔다. 보수공사는 해야 하지만 가격이 괜찮은 듀플렉스 아파트가 매물로 나왔다며 보러 가자는 것이다. 센트럴파크가 내려다보이고 35층과 36층을 하나로 합쳐 내부계단으로 연결한 아파트였다. 마음에 들었다. 부엌과 문고리, 벽지 색 등을 내 스타일대로 바꾸려고 리노베이션을 맡길 건축 회사를 알아보았다. 뉴욕은 아파트 리노베이션 절차가 까다로워, 먼저 계획서와 건축자재 등을 기재한 신청서를 아파트 관리위원회에 제출하고 입주 허가를 받아야 한다. 그 밖에도 과거 3년간의 세금신고 내역과 추천장 다섯 통 등 스무 가지가 넘는 서류를 제출해야 한다. 그러고 나면 석 달 정도 걸려 심사 결과를 통지받기 때문에, 입주할 때까지 여섯 달은 걸릴 것이다.

어쨌든 새로운 변화 앞에서 나는 코미디를 배울 때 익혔던 생활습관을 적용했다. 준비Prepare를 철저히 하고, 거기에 맞춰 매 순간 더 중요한 일들을 추진해나가고Prioritize, 어떤 어려움이 있더라도 다음 단계로 나아갈 실력을 키우기 위해 견뎌내기Persevere. 이 3P를 생활 지침으로 삼았다. 20대는 새로운 영역을 실험하고, 받아들이고, 부분적으로 적용하고, 맞지 않으면 거부하면서, 여러 경험을 해보는 시기다. 미국에 와서 막 적응해야 할 무렵에는 3C(용기Courage, 조심성 Caution, 창의성Creativity)가 도움이 되었다. MBA를 마치고 본격적으로 사회생활을 할 때는 3R(돌이켜보고Reflect, 수정하고Revise, 다시 시작하기Reset)를 기반으로 살아왔다. 일을 하면서 다른 사람들과 부딪칠 때도 있고, 남들에게 상처받기도 했지만, 거기서 머물지 않고 앞으로 전진하기 위해 3F(잊고Forget, 용서하고Forgive, 앞으로 나아가기Forward)를 실천하려고 노력했다.

나는 경쟁적 삶에 내몰리고 싶지 않았다. 마구잡이로 달리기만 하는 게 아니라, 계획한 목적지에 도착한 다음에는 숨을 고르며 나에게 맞는 다음 목적지를 생각하고 싶었다. 우리의 삶은 주어진 환경에 맞춰 생존해나가려는 본능과, 그 환경을 벗어나려는 시도 두 가지로 이루어져 있다는 생각도 들었다.

새로 들어간 독일계 회사의 분위기는 또 달랐다. 내가 속한 부서는 덴마크인과 아일랜드인이 공동 책임자였는데, 매일 유럽에서 파견한 직원들이 도착했다. 금융위기를 겪으며 국영기업들을 민영화하는 과정에 있는 스페인계, 남아메리카계 사람들도 붐볐다. 주말이면 나는 학원에 가서 스페인어를 공부했다. 뉴욕에는 스페인어가 제2의 언어로 자리 잡아가고 있었다. 남아메리카에서 건너온 사람들이 여러 직종으로 퍼져나갔기 때문이다. 우리 집을 돌봐주는 가사도우미 아주머니에게도 스페인어로 말하는 게 의사 전달이 더 정확하다. 급격히 성장하는 남아메리카 시장이 언젠가는 세계시장에서 큰 몫을 하게 되리라는 기대감도 스페인어를 배우는 데 한몫했다.

그 무렵에 친구 다미안의 개인전이 열렸다. 오프닝 날, 다미안은 매우 긴장한 얼굴이었다. 아내 둘시가 그 옆에 서서 오랜만에 화장한 웃는 얼굴로 손님들을 맞이했다. 둘시 역시 그림을 그렸지만, 초등학교 교사로 일하느라 개인전은 아직 열지 못했다. 그날 밤, 다미안의 작품 35개 중 28개가 팔렸다. 모두 행복한 마음으로 축하의 샴페인을 나누었다.

새로 산 아파트의 리노베이션 공사가 끝났다. 5개월이 걸린 공사로, 명상용으로 쓸 작은 방도 만들고, 커튼도 내가 골라 위층과 아래층을 다른 색깔로 해놓았다. 그 커튼을 열면 센트럴파크가 내려다보인다. 내가 꿈꿔온 일들이 현실로 되어가고 있었다. 아파트에 도착하면 도어맨들이 인사를 건네며 문을 열어주고, 드라이클리닝한 세탁물을 받아 엘리베이터까지 가져다준다. 하지만 그들도 크리스마스 보너스 봉투에 담긴 내용물에 따라 태도가 바뀐다. 뉴욕의 도어맨들은 말이 없어 보여도 아파트 안에서 돌아가는 속사정을 잘 안다. 그때 가수 에릭 클랩튼이 같은 아파트에 살고 있었는데, 그의 아이가 창문으로 추락해 죽은 다음 〈천국의 눈물Tears in Heaven〉이라는 노래가 만들어졌다는 둥, 펜트하우스에 살고 있는 유명한 마술사 데이비드 쿠퍼만의 사생활이 어떻다는 둥 하는 소리는 도어맨들의 입을 거쳐 세상에 퍼져나갔을 확률이 높다.

선택의 여지

집들이 파티를 하고 나니 연말이다. 그해 연말연시는 북유럽에서 보내기로 계획했다. 덴마크를 거쳐, 내가 좋아하는 작곡가 에드바르 그리그, 화가 에드바르 뭉크, 극작가 헨리크 입센의 나라 노르웨이로 날아갔다가, 이웃 나라 스웨덴을 들른 다음, 독일의 쾰른까지 기차로 이동할 생각이었다. 쾰른에는 전직 발레리나인 오랜 친구 베라가 결혼해서 아이를 낳아 키우고 있다. 그 친구도 만나기로 했다.

먼저 덴마크의 코펜하겐으로 가서 바이킹문화국립박물관과 티볼리 공원을 둘러보았다. 시내 한복판에 있는 티볼리 공원은 1843년에 문을 연 공원으로 식물원과 놀이터가 잘 설계돼 있다. 티볼리 공원에는 중국 문화에 대한 오리엔탈리즘이 강하게 표현돼 있었다.

덴마크 사람들을 보는 재미도 쏠쏠했다. 이들은 피부가 유난히 희고 눈이 푸르다. 이들의 모습을 보며 인류가 언제부터 피부색에 사회적 가치를 부여해 차별하기 시작했을까 생각에 잠기기도 했다. 덴마크에는 유대인도 많은데, 2차 세계대전 때 덴마크는 독일이 침공해 오자 자국의 유대인을 보호하며 국외로 탈출시키기도 했다.

밤배를 타고 북해를 건너 아침에 오슬로에 도착했다. 노르웨이는 북해에서 채굴된 석유로 부자 나라가 되었지만, 과거에는 스웨덴의 식민지였고, 가난한 사람들이 미국으로 이민을 많이 떠났다. 유럽에서는 유일하게 고래고기를 넣어 만든 수프가 일품이다. 예전에 뉴욕에서 입센의 〈페르귄트Peer Gynt〉를 연극으로 볼 때 그리그가 작곡한 곡이 배경음악으로 서서히 흘러나와 애잔하면서도 희망이 움트는 듯한 기분을 느꼈던 적이 있다. 그 감정이 오슬로의 흐린 하늘과 잘 맞아떨어졌다.

노르웨이 국립미술관은 시내 한가운데에 눈에 잘 띄지 않는 차분한 건물이었다. 뭉크의 〈절규The Scream〉는 현대를 살아가는 사람들의 복잡한 정신 상태를 잘 표현한 것 같다. 하지만 나는, 뭉크의 누나 소피가 폐렴으로 어린 나이에 죽었을 때의 심정과 주변 분위기를 표현한 〈죽음의 침대The Death Bed〉가 더 감명 깊었다. 숨을 거둔 소녀 옆에 서 있는 친지들의 영역이 검은색으로 표현되고 표정은 공허하다……. 뭉크의 생년월일은 나하고 정확히 100년 차이가 났다. 그가 여든 살에 죽었으니, 나도 늙기 전에 해보고 싶은 것 다 해보면서 건강하게 살아야겠다는 생각이 스치고 지나갔다.

스웨덴은 잘사는 만큼 물가가 비싸서 '나는 여기서 도저히 못 살겠다'는 생각부터 들었다. 뉴요커들은 다른 나라를 여행할 때, 항상 '여기서 내가 살 수 있을까'라는 생각을 해본다. 어디에 살든 내가 제일 중요하게 꼽는 요소는 음식과 와인인지라, 북유럽은 고려해본 적이 별로 없다. 하지만 일찌감치 발달한 국민연금제도, 세련된 생활 디자인, 성숙한 국민성, 자유분방한 성의식 등은 부러워할 만한 점이다. 관람료가 비쌌지만, 스톡홀름에서 오페라를 보러 갔다. 스웨덴 사람들은 옷을 잘 차려입고 말쑥하면서도, 사치와는 거리가 멀다. 자신의 아름다움을 살리고, 남의 눈은 그다지 신경을 쓰지 않는다. 인터미션 시간에 마시는 샴페인 가격을 보고는 놀라 자빠질 뻔했다. 저렇게 비싸니 아주 특별한 날에만 마시겠거니 생각했다. 음식값 역시 눈이 튀어나올 만큼 비싸서 하루 빨리 독일로 가서 맥주에 소시지를 실컷 먹고 싶은 마음이 굴뚝같았다.

쾰른 역에 도착하니 친구 베라가 추운 날씨인데도 아들의 손을 잡고 마중을 나와 기다리고 있었다. 역 바로 맞은편에는 쾰른 대성당이 고딕풍의 웅장한 위용을 뽐내고, 주위는 크리스마스 시즌을 맞아 상가의 불빛이 휘황찬란했다. 베라하고는 거의 10년 만에 재회하는 셈이다. 뉴욕에서 친하게 지냈던 소중한 추억이 둘 사이를 연결해주고 있었다. 베라의 아버지는 독일 고등법원 판사로, 성향이 자유로운 베라와는 전혀 맞지 않았다. 베라는 파리, 런던 등지에서 살다가, 결국 뉴욕으로 와서 몇 년을 보냈다. 그 시절 링컨센터에 발레를 보러 갔다가 우연히 만난 사이다. 돈이 없어서 쩔쩔매던 예전의 베라가 이제는 아니었다. 자꾸 자기가 점심을 사겠단다. 스톡홀름에서부터 먹고 싶었던 독일 소시지를 쾰른 맥주와 함께 먹으면서 겨울의 라인 강을 바라보니, 여기도 살 만해 보인다. 만약 쾰른에서 살게 된다면, 금융 관련 회사들은 대부분 프랑크푸르트에 몰려 있으니 출퇴근 시간이 다소 걸릴 것이다. 독일은 유럽에서도 상당히 진보적이고 이민자도 많다. 이방인이 살아가기에는 미국과 비슷한 환경이 될 것 같다. 만약 정말 쾰른에 살 마음이 들었다면, 당장 그다음 날부터 독일어를 다시 공부해서, 지금 일하는 회사의 독일 본사로 전근시켜 달라고 신청했으리라. 하지만 아직은 뉴욕이 더 좋았다.

그렇게 북유럽을 여행하고 돌아오니 해가 바뀌었다. 직장에 복귀한 나는 이제 일이 그다지 신나지 않았다. 큰 거래를 성사시켜도 예전처럼 기쁘기는커녕 시큰둥했다. 고용계약서에 근속기간 2년을 보장받았기에 죽을 둥 살 둥 일하지 않아도 된다는 생각이 머리 한구석에 자리 잡았다. 그렇게 나태의 늪에 빠져들려던 어느 날, 우리 회사와 경쟁 상대인 독일의 종합금융 회사 도이체 방크Deutsche Bank

가 합병한다는 소식이 발표되었다. 직원들은 앞으로 상황이 어떻게 전개될지, 자기 지위는 어떤 영향을 받을지 술렁거렸다. 만약, 도이체 방크가 합병의 주도권을 쥐면 우리 쪽 인력이 감원될 것이고, 설령 살아남는다 하더라도 상대의 요구를 따라야 한다. 나는 우리 부서와 비슷한 기능을 수행하는 상대 회사 부서의 상황을 비교해보았다. 그다지 차이가 없었다. 그렇다면 합병의 주도권을 쥔 회사의 직원들이 살아남고, 합병당하는 쪽은 모두 퇴사하는 게 보통의 수순이다. 직원 개개인은 이런 상황에서 별 뾰족한 수가 없다. 상황을 주시하면서 불확실한 미래에 대비하는 것밖에는……. 주위를 둘러보니, 동료들은 헤드헌터에게 전화를 돌리느라 정신이 없었다.

그 주말, 멕시코로 짧은 여행을 갔다. 멕시코시티는 사람들로 넘쳐났다. 프리다 칼로 미술관을 둘러본 다음 어마어마하게 넓은 소칼로Zocalo 광장에 가니, 주말을 즐기는 사람들로 인산인해다. 여기저기 음악 소리가 울려 퍼지고, 물건을 파는 상인들의 호객 소리가 요란하다. 나는 멈추어 서서 타말레tamale(옥수수를 갈아서 만든 멕시코 음식)를 파는 상인들을 지켜보았다. 수백 명이나 되는 사람이 각자 손수레를 끌고 와서 따뜻한 타말레를 보온용 스테인리스 박스 안에 넣어두고 파는데, 그 박스를 숟가락으로 리드미컬하게 두들기며 손님을 부르니 아주 시끌벅적하다. 자세히 보니, 어떤 상인의 손수레 앞에는 줄이 길게 늘어서 있고, 어떤 손수레에는 손님이 하나도 없다. 그 이유는 무엇일까? 사실, 타말레의 맛은 거기서 거기다. 그런데 한 장소에서 수백 명은 되는 상인끼리 경쟁하다 보니 많이 팔릴 것을 기대하기는 어렵다. 손님이 없는 상인은 다른 장소로 옮기거나, 파는 물건을 바꿔보거나, 가까운 미국으로 넘어가 새 터전을 일구는 것은 어떨까? 수백 명의 경쟁자와 뒤섞여 팔리지도 않는 타말레를 계속 만드느니, 용기를 품고 새로운 것에 도전해보는 것이 낫지 않을까?

짧은 멕시코 여행을 마치고 뉴욕으로 돌아왔다. 사람들은 내가 금수갑golden cuff(2년 보장의 고용계약서)을 찼다고 부러워한다. 그러나 나는 모든 일이 내가 바라는 대로 진행되지 않을 수도 있다고 생각했다. 세상일은 순차적으로sequential 펼쳐지지 않는다. 어릴 때는 '열심히 공부해서 좋은 대학 나오고, 좋은 직장을 얻으면, 안정된 생활을 누릴 수 있다'고 배웠다. 그러나 인생에는 생각지 못한 변수가 나타나게 마련이다. 가령, 은행에 취직해서 편안하게 살려고 했는데 IMF 구제 금융사태가 터진다면 어쩌겠는가? 이런 사태는 개인이 극복할 수 있는 문제가 아니다. 그렇기에 삶에는 선택의 여지를 준비해놓아야 한다. 나는 금융계 일을 하면서 병행할 수 있는 일이 무엇인지 찾아보았다. 장기적 안목으로 마흔 살이 되기 전에 화랑을 하나 열고 싶었다. 부동산 투자에도 관심을 두었다. 임대한 맨해튼의 아파트 가격은 계속 올랐고, 젊은 사람들 수요가 늘면서 임대료도 상승했다.

여름이 끝나갈 무렵 합병이 가시화되었다. 여러모로 우리 회사에 불리한 방향으로 진행되었다. 나도 움직여야 했다. 도이체 방크 팀장에게 전화를 걸어 내 존재를 상기시켰다. 그러는 한편, 헤드헌터에게 연락하여 이력서를 수정해두었다. 어찌 보면 합병이 차라리 잘된 일일 수도 있다. 변화가 있어야 나도 성장하지 않겠는가? 고여 있는 물은 썩게 마련이다. 어딘지는 몰라도 새로운 곳으로 흘러가는 게 낫다.

전 직원이 티셔츠를 맞추어 입고 합병반대 시위를 하던 어수선한 때에 다른 경쟁 회사로부터 전화를 받았다. 전화한 사람은 내가 처음 일한 회사에서 자리를 옮긴 팀장이었다. 그는 나에게 인터뷰를 하러 오라고 했다. 뉴욕의 월스트리트라고 다를 게 없다. 친분이 있는 사람을 채용하고 싶어하는 것이다. 그렇기에 평소의 처신이 중요하다. 그것이 가면이건 아니건 간에.

9 · 11······
뭔지 모르는 갈망

2주 후 약속 장소로 인터뷰하러 갈 준비를 하는데, 만나기로 한 팀장에게서 전화가 왔다. 목소리가 다급했다. 지금 세계무역센터에 비행기가 충돌했다는 것이다. 그는 회사 사람들이 급히 대피 중이라며, 업타운 쪽에서 만나자고 했다.

2001년 9월 11일이었다. 우리 회사는 월스트리트 동쪽, 이스트강에 접해 있어서 세계무역센터가 있는 맨해튼 남쪽만큼 아수라장은 아니었다. 건물 밖으로 대피하라는 방송이 나왔다가, 다시 안으로 들어가라는 안내방송이 나왔는데, 아무도 어떤 상황인지 몰라 어수선했다. 나는 우선 업타운 쪽으로 갈 생각을 하는데, 게이코한테서 전화가 왔다. 지금 막 세계무역센터 2동 건물에도 비행기가 충돌

했으며, 그녀가 일하는 허드슨 강 옆 세계금융센터 직원들은 모두 대피 중이니 빨리 북쪽으로 가란다. 커다란 불덩어리를 자기 눈으로 보았다는 게이코의 목소리가 숨넘어갈 듯했다.

사람들과 섞여 북쪽으로 걸어가는데, 먼지 폭풍과 서류 조각들이 사람들의 비명소리와 뒤섞여 몰려오기 시작했다. 거의 한 시간을 걸어 집에 도착하니 전화가 모두 불통이었다. 어떻게 이런 일이 일어났을까! 라디오 뉴스에만 귀를 기울였다.

저녁 무렵이 되자 테러라는 보도가 나왔다. 밤마다 창문 너머로 보이던 세계무역센터의 쌍둥이 빌딩이 온데간데없고 그 자리에는 연기와 먼지만 피어올랐다. 그날 밤 잠을 이루지 못해 친구 집으로 옮겼다. 미국 와서 처음으로 〈뉴욕 타임스〉가 배달되지 않았고, 슈퍼마켓에서 물이 동났다. 어떻게 대처해야 할지 몰라 연이은 뉴스 속보에 촉각을 곤두세웠다.

뉴욕은 충격과 슬픔에 휩싸였다. 몇 주에 걸쳐 희생자 명단이 발표되고, 도심 곳곳에 실종자의 이름과 사진이 붙은 안내판이 나붙었다. 희생자 중에는 내가 아는 사람도 있었다. 일본에서 출장 온 동료는 첫 비행기 충돌 후 1층으로 대피했는데, 이제 괜찮으니 다시 올라가라는 안내방송을 듣고 사무실로 돌아갔다가 영영 돌아오지 못하는 운명이 되었다. 인간의 삶이 이렇게 덧없다니! 이렇게 순식간에 덮칠 수도 있는 것이 죽음이라니! 이재민도 수없이 발생했다. 차이나타운 딤섬 브런치 모임의 고정 멤버로 아시아 아이를 입양해서 키우는 친구는 빌딩 폭발 때 발생한 먼지가 아파트 환기통을 타고 집 안으로 쏟아져 들어오는 바람에, 뉴욕시가 브루클린에 마련한 임시 주택으로 옷가지만 싸서 옮겼다. 다른 친구는 자기 결혼식 피로연이 열렸던 세계무역센터 스카이라운지 식당 윈도스 온 더 월드 Windows on the World에서 파티를 도와준 종업원들이 거의 다 사망했다는 소식을 듣고 한동안 얼이 빠졌다.

눈발이 날리는 크리스마스 때까지도 쌍둥이 빌딩이 있던 자리에는 먼지가 피어올랐다. 다운타운에서 풍겨오는 냄새는 화장터를 연상케 했다. 그러나 살아남은 사람들은 슬픔을 이기고 일상생활로 돌아와야 했다. 뉴욕은 고통을 이겨내려는 시민들의 용기로 빛났다. 서로 도와주고, 9·11 테러로 집을 잃은 전혀 모르는 사람들에게 자기 집을 열어주고, 밥도 다 같이 해먹었다(어떤 사람들은 이것이 지금 유행하는 에어비엔비Airbnb의 시초가 되었다고 주장한다).

사건이 일어나고 3주도 채 지나지 않은 9월 말부터 새 직장에 출근하게 되었다. 테러의 충격을 가슴에 담은 채 새 직장에 적응하려 애썼다. 전 회사에서 보너스로 받은 돈은 한 푼도 쓰지 않고 은행에 넣어두었다. 그리고 한국에 있는 부모님에게 꽤 많은 돈을 송금했다. 그동안 부모님한테서 받은 원조를 다 갚기에는 어림도 없지만, 내가 정신적으로 좀 더 성장했다는 뜻을 비치고 싶었다.

2003년에는 뉴욕에 대규모 정전사태가 발생했다. 아파트, 사무실, 백화점, 레스토랑 등 모든 시설이 가동을 멈추었다. 꼬박 사흘을 전기 없이 보내자니, 사방에 음식물 쓰레기 냄새가 진동했다. 사람들은 또 테러 사건이 일어난 것이 아닐까 걱정했지만, 뉴스에서는 사슴 한 마리가 뉴욕 전 지역에 공급되는 전기 시설망에 들어가 벌어진 일이라고 했다. 정전사태는 엄청난 불편을 초래했다. 엘리베이터가 작동하지 않으니 아파트의 높은 층은 올라갈 수가 없었다. 환기 시스템도 멈추어 나중에는 건물 진입마저 금지되었다. 나는 비워두었던 2층 아파트로 옮겼다.

정전사태가 복구되고 몇 주가 지난 뒤 원래의 아파트로 돌아왔지만, 고층건물에 대한 불안감은 그대로 남았다. 센트럴파크가 보이는 고층아파트를 내놓고, 오래된 2층 아파트로 돌아가기로 마음먹었다. 그 대신, 이스트햄튼 바닷가에 주말용 주택을 사기로 했다. 당시 월스트리트에 근무하는 금융맨이라면 이스트햄튼에 집 한 채씩은 갖고 있었다. 나는 내가 꿈꾸던 물질적 성취가 얼마나 나를 행복하게 해주는지 시험해보고 싶었다. 주말이면 차를 몰고 이스트햄튼으로 가서 마음에 드는 집을 물색했다. 테러 발생 후 부동산 시세는 전반적으로 하락세였다. MBA 과정을 시작하기 직전에 프랑스 친구의 집에서 휴가를 보낸 적이 있다. 친구 집과 가까운 곳에 위치한, 수영장이 딸린 예쁜 집 한 채가 마음에 들었다.

원하던 대로 이스트햄튼에 집을 사긴 했지만 새로운 문제들에 봉착했다. 집이 크다 보니 나 혼자 관리할 수 있는 범위가 줄어들고, 남에게 기대야 하는 일이 늘어났다. 바람이 심하게 불거나 폭우라도 쏟아지면 그것도 걱정이었다. 우리 집으로 등기된 지대의 나무가 옆집 지붕으로 쓰러졌을 때는 까다로운 보험 처리를 하느라 곤욕을 치렀다. 수영장의 물을 겨울이 되기 전에 어떻게 처리해야 할지도 신경 쓰였고, 기온이 영하 10도 아래로 내려가면 동파되는 파이프도 골칫거리였다. 회사에서 근무하면서도 이스트햄튼 집 걱정으로 정신이 쏠렸다.

그해 생일파티를 그 집에서 치른 후 나는 집을 팔기로 결심했다. 다행히 가격은 올랐다. 그때 집 뒤처리를 도와준 사람이 뉴욕의 첫 룸메이트였던 싱가포르 친구 밍이었다. 지금은 명상 지도자 된 그는 '항상 간소하게 살라'고 나에게 조언하곤 했다.

당시에는 고층아파트가 잘 팔리지 않았다. 사람들의 취향이 바뀐 이유도 있을 테고, 9·11 이후 부동산 시장이 얼어붙은 것도 이유일 것이다. 나는 가진 물건들을 줄여나갔다. 프라다 구두, 에르메스 타이, 버버리 양복 등 사이즈가 맞지 않으면 남을 주거나 자선단체에 기증했다. 지출도 신경 써서 관리했다. 신용카드 사용을 줄이고, 스타벅스에도 가지 않고, 모임이 있을 때는 집에서 음식을 만들어 먹었다.

주식시장은 불황을 넘어 동면기로 들어간 듯했다. 회사에서는 감원이 시작되었다. 그 와중에 나는 승진시험까지 봐야 했다. 그런데 공부할 책이 엄청나게 두껍고, 초심의 헝그리 마인드는 많이 사라져버렸다. 책이 눈에 들어오지 않았다. 경제적으로 준비만 잘 해놓는다면 앞으로 내가 정말 하고 싶은 일만 하며 살아가고 싶었다. 그러나 그 상태가 되려면 이 시험을 통과해 승진해야만 한다.

승진시험이 2주 앞으로 다가온 주말이었다. 나는 무작정 로마행 비행기 표를 샀다. 아말피 해안을 따라 내려가서 소렌토로 가고 싶은 충동이 일었다. 까짓것, 시험공부는 비행기 안에서 하지 뭐. 멋진 베수비오 산을 보면서 옛날 폼페이 사람들을 상상해보았다. 그들도 지금의 우리 못지않게 사치를 누렸음이 유적에 남아 있다. 그들이 느낀 만족감을 지금의 내가 다 알 수는 없을 것이다. 이탈리아 남부의 진한 와인과 맛있는 음식을 맛보고, 돌아오는 비행기를 탔다. 책을 펴들고 시험공부를 하려 했으나 도무지 머릿속에 들어오지 않았다.

반은 포기한 상태로 시험을 치렀다. 결국 떨어졌다. 하늘이 노랬지만 당연한 결과였다. 출근하기가 싫었다. 후배들 보기도 멋쩍고, 상사들 볼 낯도 없었다. 어쩌면 내 마음 깊은 곳에서는 승진을 꺼려했는지도 모른다. 그동안 누려온 자유가 더욱 줄어들 것이라는 두려움이 작용했을지 모른다. 어쨌든 내 선택에는 내가 책임을 져야 한다!

다음 날 사장을 만나 내 입장을 설명하고, 이듬해 2월 직장을 그만두고 싶다고 말했다. 사장의 반응을 보고 나는 깜짝 놀랐다. 실적만이 문제가 아니라, 신입사원 교육이나 동료들의 평판 등으로 볼 때, 내가 퇴사하면 회사가 힘들어진다는 것이다. 사장은 적극 만류하며 앞으로 2년은 더 일해 달라고 했다.

내가 추구하는 목적의식

그 뒤 2년은 참으로 길었다. 새로운 것을 해보고 싶었고, 더 나이 들기 전에 힘든 과제에 도전하고 싶었다. 하지만 조금 미룬다고 해서 꼭 나쁜 것만은 아닐 것 같았다. 미래의 준비를 차근차근 해나갈 수 있고, 여유를 갖고 여행도 더 할 수 있다.

그러던 참에, 한 친구가 하와이에서 결혼식을 한다며 초청했다. 하와이는 전에도 몇 번 갔는데, 호놀룰루가 있는 오아후 섬이 아닌 다른 섬을 여행해보긴 처음이었다. 하와이는 늘 푸근하다. 우쿨렐레 소리를 들으며 레이(하와이의 꽃으로 만든 목걸이)를 목에 걸면 태평양 한가운데에 있는 게 실감난다. 바닷가 호텔에서 열린 친구 결혼식은 멋졌다. 석양 무렵 원주민들이 무무라는 꽃무늬 드레스를 입고 펼치는 홀라춤도 보기 좋았다. 피로연을 마치고 친구들과 화산이 아직 활동하는 빅아일랜드로 놀러 갔다. 용암으로 이루어진 빅아일랜드는 코나 커피와 마카다미아의 원산지다. 헬리콥터를 타고 멀찍이서 분화구 안을 들여다보면 바다로 떨어지는 용암이 곧장 굳어져 절벽의 일부가 되었다는 사실을 알 수 있다. 문득 여기서 살고 싶은 마음이 생겼다.

다음 날 부동산 광고를 찾아보았다. 한국인, 중국인, 일본인 등 숱한 중개인들이 광고를 해놓았다. 그중 한국인 중개인를 하나 골라 전화를 걸었다. 하와이에 온 지 25년이 되었다는 중개인은 말투가 쾌활했다. 그는 만나자마자 열변을 토했다.

"지금 부동산 시세가 한창 오르는 중이에요. 매물이 나올 때 빨리 잡지 않으면 금방 팔려버려요."

중개인을 따라가 아파트를 안내받았는데 마음에 들었다. 테라스 한쪽은 와이키키 해변을 마주하고, 다른 한쪽으로는 하와이대학이 있는 산이 보였다. 나는 그 자리에서 수표책을 꺼내 중도금을 쓰고 주인과 협상해달라고 했다.

그 후 뉴욕과 호놀룰루 사이에 몇 차례 전화 통화가 오가면서 가격에 합의한 후 나는 그 아파트의 열쇠를 건네받았다. 그리고 부동산 중개인에게 저녁 식사를 대접하면서, 앞으로 집을 더 사고 싶으니 나를 대신해 서류작성과 가격협상을 해달라고 부탁했다.

그렇게 한 해가 지나는 동안 나는 뉴욕의 집들을 팔아 하와이에 집을 사기도 하면서 투자를 분산시켰다. 9·11 사태를 겪고 나니, 현금과 부동산 등을 적절하게 운용해야겠다는 생각이 들었다. 부동산 중개인과도 친해졌다. 고모처럼 친절한 중개인은 지금도 가끔씩 하와이 초콜릿, 코나 커피, 마카다미아, 심지어 한약까지 소포로 보내준다.

아니나 다를까, 얼마 지나지 않아 중국인들이 하와이로 몰리기 시작했다. 중국에서 호놀룰루로 가는 직항편이 생기고, 일본의 경기도 회복하면서 하와이 집값이 크게 올랐다. 나는 거의 한 달에 한 번꼴로 호놀룰루에 갔다. 점차 길도 익숙해지고 현지에 아는 사람도 많이 생겼다. 신선한 생선과 열대 과일에다 차이나타운에서 채소를 싸게 사서 음식을 만들어 먹었다.

그러는 사이 사장과 약속한 2년이 다 되었다. 마음이 편했다. 회사에 사직서를 냈다. 사장은 내가 그만두는 것이 못내 아쉬운 모양이었다. 그날 회사에서 나오며 감회에 젖었다. 꿈꾸었던 여러 일을 이루고 나니, 나 자신이 알지 못했던 내 장단점도 깨닫게 되었다. 무엇보다도 중요한 것은, 내가 걷는 인생 궤적에서 나침판 역할을 하는 것, 즉 내가 추구하는 목적의식을 잃지 말아야 한다는 점이다. 어려울 때나 기쁠 때나 항상 같이해준 친구들도 고마웠다. 하와이에서 모처럼 홀가분한 기분을 맛보다가, 오스트레일리아를 출발점으로 세계 여행을 하고, 영국으로 가기로 했다. 여름 동안 케임브리지대학에서 미술사를 공부할 생각이었다. 내가 앞으로 아트 딜러가 될 수도 있다는 가능성을 염두에 두고 마련한 계획이었다.

더 달고 맛있는 포도를 찾아

호놀룰루와 시드니는 거의 하루의 시차가 있다. 시드니로 가는 야간비행은 기분이 묘하다. 날짜 변경선을 지나면 시간이 두 곱절은 빨리 흐르는 듯하다. 그래서일까. 시드니 공항에 내려 겨울바람을 쐬니, 훌쩍 나이를 먹은 것 같다. 이번에는 뉴질랜드도 여행할 예정이다.

빅토리아 여왕 시절, 영국인들은 어떻게 여기까지 올 생각을 했을까? 이곳까지 오는 동안 얼마나 많은 고통과 우여곡절이 있었을까? 강제노동이 이루어진 장소와 비참했던 그곳의 생활상을 전시해놓은 박물관을 보면, 역사란 힘 있는 자와 그 힘을 꺾으려는 자 사이의 끊임없는 투쟁 같다. 이주민들은 영국에서 갖은 핍박을 받다가 여기까지 이주해왔으면서, 그들 역시 오스트레일리아 원주민들을 억압하고 차별 대우한 것을 보면 인간의 양면성에 씁쓸해진다. 최근에 오스트레일리아가 영국의 방송사와 언론사를 사들였다. 또 식민지였던 인도가 영국 자동차 회사를 파산에서 구해주었다는 소식을 접하면 역사의 아이러니를 느낀다.

역사의 흐름이 바뀌듯이 사람도 마찬가지다. 캄캄한 밤만 지속되는 인생은 없다. 자기가 세운 목표를 향해 용기Courage 있게 도전하고, 창의성Creativity 을 발휘해 두려움을 극복하고, 또 매사를 신중Caution하게 추구해나간다면, 꿈은 이루어질 것이다. 나는 그렇게 믿어왔다. 또 기회를 기다리며 자기가 잘할 수 있는 분야를 찾는 것이 제일 우선적인 과제Priority 이고, 자기의 처지에 맞게 나름대로 준비하고Prepare, 계획 세운 바를 꾸준히 밀고 나가는 인내심Perseverance이 필요하다. 여기서 큰 역할을 하는 것이 자기 자신에 대한 만족이다.

오스트레일리아와 뉴질랜드를 여행하며 읽은 책 중에 내 마음속에 선명히 남은 글이 있다. 스토아학파의 '선택과 만족'이라는 글인데, 요약하면 다음과 같다.

"인생은 피로연과 같아서, 우주가 마련한 여러 음식이 접시에 담겨 오고 간다. 손을 뻗어 먹고 싶은 음식을 먹어보라. 맛이 없다면 투정만 하지 말고, 다른 쪽 음식도 맛을 보라. 만약 이것저것 다 맛이 없다면 그 음식에 만족하는 법을 배워라."

맞는 말이다. 나도 투정을 부릴 때가 있지만, 그럴 때는 자기가 보는 관점을 바꾸면 된다. 그동안 잘못 선택한 일들을 반성하고Reflect, 그에 따르는 수정Revise 과정을 거쳐, 다시 시작하려는Reset 마음의 각오를 해야 한다. 이때 과거의 잘못은 용서하고Forgive, 부정적인 생각은 잊고Forget, 미래 지향적인 자세로 매일 한 발씩 나아가는 Forward 태도가 필요하다. 그러면서 기회를 기다리면 된다. 때로는 신포도를 따 먹는 경우도 있을 것이다. 하지만 맛이 시네, 어쩌네 하며 불평만 늘어놓기보다 그럴 시간에 다른 쪽 포도 덩굴을 살펴보는 게 낫다. 그래야 더 달고 맛있는 포도를 찾을 수 있을 테니까.

케임브리지에서 공부하며
유럽인을 꿈꾸다

    지구의 남반구 겨울에서 북반구 여름에 도착했다. 런던 사람들은 뉴욕 사람들보다 집을 깨끗이 가꾸려고 애쓰는 것 같았다. 영어 표현이 다르고, 소리 내어 웃는 일도 적다. 9·11 테러 이후 런던의 금융가는 돈 들어오는 소리가 들릴 정도로 호황인 것 같았다. 집값이 상상을 초월할 만큼 비쌌으며 매물도 드물었다.

    수요가 공급을 압도적으로 초과해 러시아인, 중국인, 중동인 등 내로라하는 부자들은 모두 런던에 집 한 채 사기를 원하는 것 같았다. 한동안 영국에서 지내야 하는 나는 환율에 촉각이 곤두섰는데, 파운드화는 달러의 거의 두 곱절에다 음식값도 비싸 마치 1980년대 일본을 보는 듯했다. 예전 대학 시절에 배낭여행을 온 그 영국이 아니었다. 미슐랭 별이 붙은 프랑스식, 일본식 레스토랑이 줄지어 있고, 이웃나라 프랑스에서 수입한 샴페인을 세계에서 가장 많이 마셔대고 있었다. 그렇지만 영국에서 파는 인도 카레는 예전처럼 싸고 맛있었다. 나는 매일 먹어도 물리지 않는 인도 카레를 먹으며 미술사 공부를 할 준비를 했다.

수업을 시작하기 며칠 전 케임브리지에서 친구의 결혼식이 열렸다. 매일같이 오던 비가 뚝 그치고 다행히 결혼식 날에는 해가 나왔다. 친구 가족들이 묵은 호텔에서 생긴 일이다. 미국 남부에서 온 친척 아이들이 프런트에서 영화 〈해리 포터〉 DVD를 빌리려고 했는데, 영국인들은 미국 남부 발음을 잘 알아듣지 못했다. 몇 분을 이리저리 설명하고 나서야 Harry Potter와 Hairy Porter를 구분했다. 영국인들은 자기네 영어가 기준이라는 메시지를 확실히 했다. 미국인들은 그저 자기네 남부 발음으로 고객으로서 할 만한 요구를 했을 뿐인데, 이 사소한 일로도 영국인이 과거 식민지였던 미국을 바라보는 복잡한 심리를 느낄 수 있었다.

결혼식에 이어 열린 짧고 간결한 영국식 피로연은, 뉴욕의 결혼식과 대비되었다. 뉴욕은 결혼식 전날부터 리허설 디너로 시작해 결혼식을 하고 조금 쉬었다가, 다시 저녁에 춤과 술로 결혼을 축하한다. 보통 새벽 한 시까지 진행되는데 여기서는 오후 여섯 시가 되니 자연스레 해산이 되었다.

이윽고 수업이 시작되었다. 아트 딜러로 일하는 사람이나 장래 아트 딜러가 되려는 사람을 대상으로 한 미술사 수업의 수강생들은 대체로 나이가 지긋했다. 소더비Sotheby's나 크리스티Christie's 같은 미술 경매업체에서 경력을 쌓은 사람도 꽤 있었다.

나는 중세 복식의 옷감, 염색법, 미술에 표현된 의상과 생활환경의 관계에 관심을 두고 열심히 공부했다. 또 인상주의 작품을 잘 알아두어야 앞으로 화랑을 잘 경영할 수 있을 것 같아, 그 시대의 그림도 눈여겨보았다.

주말에는 자전거를 타고 캠 강을 따라 달렸다. 한참 달리다가 강과 초원이 어우러진 녹지에 누워 낮잠을 자거나 책을 읽었다. 친구도 몇 명 사귀었으나, 모두 나이가 들어서인지 자기 할 일에 몰두하느라 깊은 사이가 되지는 않았다. 런던 금융가에는 옛 동료들이 일하고 있었는데, 가끔 주말이면 친구들과 만나 저녁을 얻어먹는 것이 나쁘지 않았다.

그러면서 런던의 화랑도 둘러보고, 신진 작가 트렌드도 파악하고, 레전트 파크에서 열린 아트 페어 '프리즈 런던Frieze London'에서 어떤 그림들이 잘 팔리는지도 체크했다. 내 미래의 중심을 어디다 둘 것인가 하는 관심 때문이었다. 앞으로 미술품에 투자하며 활동을 펼쳐나갈 것인가, 아니면 계속 부동산 쪽에 투자를 하고, 여윳돈으로 주식에 투자하면서 포트폴리오를 만들어나갈 것인가……. 이 두 방향을 두고 신중히 생각했다. 다만, 나는 관성적으로 왔다 갔다 하며 일하지는 않겠다고 마음먹었다. 그리고 지출을 더 줄이는 방법을 생활화해서, 현업에 의존하지 않고도, 현재 부동산에서 나오는 수입으로 재미있고 즐겁게 여행하며 사는 미래를 계획했다.

장기적으로는 유럽에 와서 살고 싶은 마음도 들었다. 유럽인의 생활이 더 여유 있어 보였기 때문이다. 내가 만난 뉴요커들은 자기가 맡은 일에는 천재라고 할 만큼 전문성이 있다. 나도 그랬듯이, 모두가 일에 어느 정도는 중독되어, 아침저녁으로 이메일을 체크하고 주말에도 일 걱정을 놓지 않는다. 친구와 저녁을 먹으면서도 직장 이야기, 상사 이야기, 동료 이야기, 보너스 이야기가 줄을 잇는다. 하지만 일 이야기를 떠나면 화제를 찾기가 어렵다. 음악, 미술, 연극에 관심 있는 사람은 적고, 영화는 할리우드 블록버스터 영화나 좀 알지 저예산 영화나 외국 영화를 보는 사람은 드물다.

그러나 내가 만난 유럽 사람들은 뉴요커에 견주어 돈 이야기를 별로 하지 않는다. 다소 폐쇄적이어서 속내를 잘 드러내지 않고 남의 이야기도 그렇게 자세히 알고 싶어 하지 않는다. 또 집에서 요리를 만들어 먹는 것을 즐기고 이른바 명품에 목매지도 않는다. 그래도 휴가는 알차게 즐긴다. 스페인의 작은 섬이나 모로코 해변 지역, 프랑스 남부에 집이나 아파트를 빌려, 오랫동안 머물며 산책하고, 현지에서 산 해산물로 저녁을 해 먹고, 와인을 마시며 석양이 질 때까지 이런저런 이야기를 나눈다. 나에게도 그런 삶을 맛볼 기회가 생겼다.

뉴욕에서 스페인어를 배울 때 마드리드에서 온 스페인어 강사와 친한 사이가 되었다. 런던에서 그 강사의 스페인 집으로 전화를 했더니, 지중해에 있는 메노르카 섬으로 가족여행을 갈 예정이라며 같이 가자고 한다. 유럽은 항공권이 미국과 견주면 엄청나게 싸다. 나는 런던에서 유로스타를 타고 친구들이 있는 파리로 가서, 로댕미술관도 가고, 그랑 팔레의 전시도 보고, 좋아하는 오리 요리도 먹고, 새로 발견한 와인도 마신 뒤 마드리드로 날아갔다.

마드리드는 프랑스와는 아주 다른 멋이 있었다. 아랍 문명의 자취가 남아 있고, 한국과 비슷한 식문화, 숨기지 않고 이러저런 이야기를 하는 대화방식에 마음이 열렸다. 게다가 1970년대 말까지 독재자 영향 아래 있다가 80년대부터 모든 것이 폭발적으로 민주화가 되었으니 한국과 비슷한 면이 있다. 나는 스페인에 도착하자마자 나중에 이곳에서 좀 오래 살아보고 싶은 생각이 들었다. 그날 저녁 플라멩코 쇼를 보며 스페인의 정열을 확인했다. 또한 꼴뚜기튀김과 풋고추튀김은 스페인 와인과 천생연분이었다. 오케이! 스페인어도 시간 날 때마다 다시 공부하기로 했다.

지중해의 메노르카 섬은 멋졌다. 자동차로 한 바퀴 돌아보니 바위 절벽이 이룬 절경에, 로마 시대에 로마군이 진입했던 흔적이 남아 있었다. 여기저기 흰 모래가 덮은 해변에는 누드족이 타인의 눈을 개의치 않고 태양을 즐기고 있었다. 이렇게 각자 집이나 호텔에서 먹고 쉬다가, 저녁 열 시가 되면 모두들 옷을 차려입고 나와 새벽 한 시까지 술과 춤을 즐겼다. 스페인 사람의 생활방식이 어느덧 내 몸에도 익숙해졌다. 메노르카 섬에서 보낸 마지막 날, 우리는 술을 마시고, 보름달을 보며 바닷물에 첨벙 뛰어들어 큰 소리로 노래를 불렀다.

스페인은 한국과 비슷한 인구에 GDP도 별 차이가 없다. 출산률이 낮고, 결혼을 잘 하지 않으려는 젊은이들의 성향도 비슷하다. 그런데 왜 한국 사람은 스페인 사람보다 스트레스를 더 많이 받으며 살까? 중고등학생은 진학 스트레스, 대학생은 취업 스트레스, 직장인은 살아남기 위해 스트레스를 받는다. 그렇게 아등바등 살지만 더 부유하거나 여유 있는 생활을 누리지도 못한다. 어떻게 스페인에 좀 더 자유롭게 오래 머물 수 있을까를 생각하고 있던 바로 그때, 스페인어 강사가 자기가 전에 살던 마드리드의 조그만 아파트에 내가 머물러도 된다고 말했다. 스페인의 독재자 프랑코 장군 시절에 지어진 오래된 그 아파트는 나무계단을 걸어 올라갈 땐 삐걱삐걱 소리가 났다. 바깥에 어지럽게 걸어놓은 이웃의 빨래들이 조금은 마음에 걸렸지만, 문을 열고 안으로 들어서니, 환한 햇볕이 큰 창문을 통해 들어왔다. 아토차 기차역과 레이나 소피아 미술관 바로 옆에 위치한 예쁜 아파트였다. 맘 편하게 지내면서 아침마다 발렌시아 오렌지 주스를 마시며, 추로스를 초콜릿에 찍어먹는 습관도 이 집에서부터 생겼다.

스페인에서 런던으로 돌아온 나는 마흔다섯 살까지의 생활목표를 더 수정했다. 우선 일에 매몰되지 말자고 결심했다. 일을 줄였을 때의 재정적 측면, 사회활동 측면, 자기계발의 측면에서 장기적인 계획을 그려보았다. 뉴욕을 떠나 유럽에서 지내는 것은 어떨까? 젊을 때 뉴욕에서 돈을 벌어 중년에는 유럽에서 내가 하고 싶은 일을 느긋하게 즐기며 하고 싶었다. 유럽 이민에 관한 정보를 수집했다. 내가 가진 금융계 인맥을 활용해 일을 찾을 수 있고, 당장 정착한다고 해도 말이 통하며, 친구들이 있는 나라는 어디인가? 영국, 프랑스, 스페인 순서로 답이 나왔다. 그러면서 아르헨티나 친구들과 함께 뉴욕이나 아르헨티나에 미술학원을 차리면, 그렇게 큰돈을 들이거나 스트레스를 받지 않고도 동업할 수 있을 것이다.

미술사 공부를 마저 마치기 위해 도서관에서 자료를 찾으며 논문을 쓰던 어느 날이었다. 비가 추적추적 내리는 오후에 휴대폰이 울렸다. 뉴욕에서 온 전화였다. 전화를 건 사람은 헤드헌터로, 잘 알려진 투자은행에서 내 프로필을 보고 만나보고 싶다고 했다. 당분간 뉴욕에서 일하면서 회사 내 전근의 형식으로 유럽으로 가는 것을 상상해보았다.

나는 남은 기간 동안 아일랜드에서 켈트족 문화의 발자취를 돌아보고, 앵글로색슨족의 지배를 받으며 살아온 역사적 배경을 고찰한 뒤 뉴욕으로 돌아왔다.

내 인생의 대차대조표

역시 뉴욕이다. 뉴욕은 내가 좋아하는 것들로 가득 차 있다. 첫 번째는 사람들의 활기와 의욕이다. 길을 걷는 한 사람 한 사람이 무엇을 이루고 싶어 하고, 무엇이 되고 싶어 하는 열망과 의지가 얼굴과 행동에 뚜렷이 보인다. 젊은이들은 식당에서 점심을 먹으면서도 휴대폰으로 비즈니스 이야기를 하느라 열을 올린다. 지난날 내가 뉴욕에 처음 왔을 때 지나간 42번가 모퉁이에서 과일을 파는 상인들도 손님을 잡느라 바쁘다. 세계 각지의 맛있는 음식, 프랑스나 스페인보다도 많은 종류의 와인과 치즈가 넘쳐난다. 독일 소시지도 뉴욕이 더 맛있을 정도다. 세계 곳곳에서 온 사람들이 자기 분야에서 경쟁해나가는 각축장이다. 뉴욕에 새로 생긴 건물들은 끊임없이 변신해

나가는 역사를 보여주고 있었다.

그렇다. 나 자신도 끊임없이 바뀌어야 하고 그러지 않으면 도태해 버린다.

뉴욕에 있으면서 나에게 일어난 변화를 깊이 생각해보았다. 진정으로 변화하려면, 자신이 주도하여 자신의 내부에서 출발해야 한다. 그러기 위해서는 자신이 걸어온 길을 고찰하고Reflect, 자신의 진행 방향을 수정하고Revise, 그때서야 비로소 다시 출발Reset할 수 있는 몸과 마음의 자세가 준비되는 것 같다. 이러한 변화는 세상을 살아나가는 데 필수적인 요소라고 본다. 그 과정을 반복하다보면 자신이 만족할 수 있는, 자신의 변화한 모습이 나오지 않을까? 불교에서 말하는 물의 본질과 형태를 나는 항상 생각한다. 아무리 깨끗한 에비앙Évian에서 떠온 물이라도 고여 있으면 썩고 냄새가 난다. 자기 변화가 없는 삶도 이럴 것이다. 항상 흘러야 하고, 그래서 결국 큰 바다로 합류해야 한다. 그 과정에서 외부 원인에 영향을 받을 때도 자신의 본질을 잃으면 안 된다. 물은 기온이 떨어지면 얼음이 되고, 기온이 올라가면 수증기가 된다. 사람도 물처럼 상태 변화를 포용하는 인내심으로 살아남아야 한다. 얼었던 물이 봄이 오면 본래의 모습인 물로 돌아와 다시 흘러가듯이, 또 큰 바위가 있으면 돌아가고 절벽을 만나면 폭포가 되어 떨어지듯이, 사람도 그래야 한다. 이 생각을 마음속에 두고, 다음 단계를 준비하는 수단으로서 뉴욕의 투자금융 회사에서 일하기로 결심했다.

그해, 나는 또 새벽 다섯 시에 일어나 금융 뉴스를 보고, 현상을 분석하고, 애널리스트와 전화 회의를 하고, 고객과 상담하는 일을, 마치 어제까지도 한 듯이 다시 시작했다. 특히 새로 상장이 예정된 IT계열 회사의 간부들과 만나 상장 전 마켓의 관심도를 조사하고 상장 가격에 고객 의견을 수렴하느라 엄청나게 바빴다. 이번 계약 건은 규모도 엄청날뿐더러 내가 지휘 책임을 맡은 터라 어깨가 무거웠다. 경쟁관계에 있는 투자은행들의 마케팅 스타일이나, 어느 고객들과 어느 경쟁사가 우리 회사보다 더 깊은 관계를 맺고 있는지 등을 파악해야 했다. 경쟁상대는 만만치 않은 미국 회사, 유럽계 회사, 그리고 일본 회사였다. 나는, 뉴욕에 처음 도착했을 때의 초심으로 돌아갔다. 더 큰 경쟁사들을 치밀히 분석한 다음, 용기를 갖고, 실수하지 않도록 조심하고, 장벽에 부딪힐 때마다 창의적으로 극복해나가기로 마음먹었다. 마케팅 활동을 마치고, 법적인 한도 내의 날짜를 기다렸다. 드디어 고객들로부터 주문이 들어오기 시작했다. 상장하는 주식 수의 25배를 뛰어넘는 주문이었다. 주문량을 경쟁사들과 비교해보니, 우리 회사의 압도적 승리였다. 슬럼프에서 돌아온 내게는 만족할 만한 복귀식이었다.

하지만 그 순간에도 나는 유럽에 가서 일할 계획을 머릿속에 설계하고 있었다. 이듬해 작은 집 하나만 남겨두고 뉴욕의 집들을 다 처분해 하와이에 더 투자했다. 다미안과 둘시는 그렇게 기다리던 아이가 생겨 부에노스아이레스로 돌아가 미술 학교를 열었다. 나는 예전처럼 바쁘게 일하며, 주말에는 유럽을 여행하고, 틈틈이 하와이에 가서 부동산 시장을 조사하고, 휴가 때는 아르헨티나로 가서 노후를 거기서 보내는 일을 상상해보았다. 모두 재미있고, 내가 에너지가 있을 때 준비할 수 있는 일들이었다. 그 계획을 실현하려면 몇 년 안에 유럽으로 가서, 일에 너무 매몰되지 않는 생활방식에 익숙해지는 것이 우선이었다. 그것을 가능하게 하는 것은 이 회사에서 일을 잘 견뎌내고, 유럽 전근을 신청하는 것이었다.

동시에 나의 대차대조표를 정리했다. 예를 들어 부동산에 투자할 때 빌린 은행 대출금을 뉴욕 집들을 판 돈으로 갚고, 증권투자 리스크를 줄이고 채권으로 옮겨 고정적으로 드는 뉴욕 생활비를 충당하도록 수정했다. 그러고 나니 마음이 편안해지고, 앞으로 일을 너무 많이 하지 않아도 재미있게 살 수 있다는 가능성이 하나둘 보였다.

그해부터 중국의 중요성이 미국에서도 부각되었다. 나는 거대한 중국을 조금이나마 이해하려고 뉴욕에 있는 중국문화회관과 아시아협회의 회원이 되어 중국에 대한 초보 지식을 배워나갔다. 강연회나 영화 상영회가 있으면 꼭 참가하여, 당대의 중국이 어떤 나라인지 이해하려고 애썼다. 쑨원孫文, 장제스蔣介石, 마오쩌둥毛澤東밖에 모르던 편협하고 피상적인 지식을 넓힐 생각으로 고등학교 때 내팽 개친 옥편을 다시 사서 보기 시작했다. 그리고 그해 여름 중국을 방 문하기로 계획을 세웠다. 중국은 미국만큼 넓어서, 어디어디를 돌아 야 그 나라를 이해할지, 인종이 많아 누구를 진짜 중국인이라고 해 야 할지, 얼마나 다양한 음식이 있는지 공부를 할수록 복잡해졌다. 우선 안전하고 어딜 가도 영어가 통하는 대도시를 가보기로 했다. 상하이上海와 베이징北京이었다.

베이징은 내 상상을 초월했다. 그 넓이와 크기는, 웬만해서는 꿈 쩍도 안 하는 나도 입이 딱 벌어졌다. 국가 박물관에 전시된 유물은 끝이 없고 정교하다. 오백 년, 천 년 된 골동품들은 명함도 내놓지 못할 지경이다. 아편전쟁 전 작은 어촌이었던 상하이는 경제적으로 솟아오르는 불덩이 같았다. 푸퉁浦東지역의 고층빌딩들은 매일 새 건물이 올라갔다. "개와 중국인은 출입금지"라고 붙었던 황푸강黃浦 江옆 황푸공원은 사진 찍기 바쁜 중국인들로 붐볐다. 그때부터 나 는 매년 한두 번씩은 중국 여행을 했다. 일본 친구들은 "이제 중국 때문에 우리 일본 친구들을 버리느냐"는 농담을 하곤 했다.

그럴 때, 내가 한 가지 느낀 것은 영어의 중요성이었다. 뉴욕에 가 든, 도쿄에 가든, 상하이에 가든, 거의 모든 동양인은 영어로 소통한 다. 동서양 어느 나라를 여행하든, 현지에서 만나는 동양 사람들은 어색한 말투와 표정으로 영어를 말했다. 반면에, 스페인 사람과 프랑스 사람은 방문한 나라의 언어로 대화하고, 스칸디나비아 사람들은 노르웨이, 스웨덴, 덴마크 말이 비슷해서인지 자기 나라 말로 하고 다른 나라 말로 대답하기도 한다. 영어권 사람들은 세상 사람들이 대부분 영어를 쓰니까 큰 불편함이 없을 텐데도 프랑스어, 일본어, 스페인어, 또 이제는 중국어를 배우려고 큰 노력을 쏟고 있다. 프랑스 사회학자 피에르 부르디외는 경제자본Economic Capital, 사회자본Social Capital, 문화자본Cultural Capital 을 구분하며 특히 문화자본을 분석했다. 문화자본은 지식, 교육, 기술, 소양 등을 말하는데, 지식과 문화가 언어로 전승되기 때문에 언어도 여기서 중요한 부분이다. 나는 동양인들이 모여 영어로 대화한다는 것이 부끄러웠다. 그래, 나도 공식적인 경우를 제외하고는, 중국어와 일본어는 그 나라 사람들을 만나면 꼭 쓰기로 하자.

문화와 언어에 민감해지면서 아시아의 역사에 관심이 생겼다. 모든 것을 자급자족하고, 풍부한 문화유산을 가진 중국은 어떻게 과거 100년 동안 치욕을 겪게 되었을까? 홍콩 사람들은 자기들이 더 많이 서양화된 것을 본토 중국인들에게 보이려고 애쓰는데 그 이유는 무엇일까? 영국 사람보다 더욱 영국인 같은 인도 사람들은 왜 존경받을까? 일본은 어떻게 메이지 유신 이후 그렇게 빠른 속도로 근대화를 이루고 선진국 대열에 들어설 수 있었나? 여러 질문이 머릿속에 일어났다. 과거 서양이 동양을 침탈한 역사는 현재까지도 문화 불평등을 야기하고 있다. 그렇다면 서양이 그 부와 힘을 유지해온 원동력은 무엇일까? 역사가들은 서양 발전의 원동력이 개인의 욕구를 간섭하지 않고 펼쳐나가게 도와주고, 필요한 환경을 제공한 것이라고 말한다. 나 역시 젊은 시절에 국가와 사회의 압력에 굴복하고 싶지 않아 한국을 떠났다. 언젠가 꼭 이런 분야의 공부를 하리라고 마음먹었다.

11월의 어느 주말, 5번가를 걷고 있는데, 트럼프타워 앞에서 전 직장 동료와 마주쳤다. 매리는 키가 크고 금발인 아일랜드계 트레이더다. 아버지가 2차 세계대전 때 태평양 전쟁에 참전했는데, 그 집에 초대받으면 언제나 전쟁 이야기를 들었다. 그런데 오랜만에 본 매리가 머리에 스카프를 두르고 있었다. 근처 커피숍에 들어가 이야기를 하다가, 그녀가 최근에 암 수술을 하고 항암 치료를 받고 있다는 것을 알게 되었다. 코냑과 시가를 즐기던 아버지도 몇 해 전 암으로 돌아가셨다고 했다. 매리는 나이가 들수록 세월이 빨리 지나간다며 시간의 압축Time Compression과 더불어 세계를 여행하며 느낀 공간의 압축Space Compression이 더해져 우리가 느끼는 시공의 움직임이 더욱 빠르게 진행되는 것처럼 느껴진다고 했다.

그 말을 듣자 몇 해 전 고소공포증을 극복하려고 로프 걷기에 도전한 일이 생각났다. 로프 위에서 한 발 한 발 내딛는 시간은 정말 느리게 흘러갔다. 그때 눈을 감고 곧 목적지에 다다른다고 머릿속에 그려본 시각화는, 목적지에 도달하는 절대 시간은 건드리지 못할지라도 내가 인지하는 상대적인 시간을 줄여주었다. 다른 말로 하면, 자기의 목적을 이루기 위해 현재에 충실하고 미래를 항상 시각화하면, 목적지에 도달하기까지 걸리는 시간을 줄일 수 있다. 또한 쓸모없이 흘려보낸 시간이 상대적으로 적어 자기가 하려는 일을 더 즐길 수 있다. 그렇게 하면 절대적으로 짧은 인생의 시간을 좀 더 유용하게 쓸 수 있을 것 같았다.

매리는 인생은 아무도 대신 살지 못하므로 자신이 이끌고 나가는 여행이라고 말했다. 사는 동안 머릿속에 그려본 일들을 실천하도록 노력해야 하고, 몸이 건강할 때 돌아다녀야 한다는 것이었다. 수전 손택Susan Sontag의 책에서 읽은 부분이 생각났다. 암으로 생을 마감한 손택은《은유로서의 질병Illness as Metaphor》에서 이렇게 썼다.

"사람은 누구나 이중 국적dual citizenship을 갖고 태어난다. 하나는 건강한 나라의 국적, 나머지 하나는 아픈 나라의 국적이다."

손택은 모든 사람은 인생 여정에서 두 국적을 언젠가는 다 사용해야 한다고 했다. 그녀 역시 아픈 나라의 국적을 인생 말기에 써야만 했다.

비로소 나는 건강이 얼마나 중요한 것인가를 남을 통해 배웠다.

9·11 테러가 터지고 나서, 살아 있다는 사실만으로도 감사했던 마음은 시간이 갈수록 희미해지고, 이제는 별로 중요하지도 않은 일에 신경을 곤두세우거나 밤잠을 이루지 못하는 일이 늘어났다. 앞으로 어떻게 살아야 만족스럽게 이 세상을 떠날 수 있을까? 해보고 싶은 일은 너무 많았다. 이루고 싶은 일 목록을 만들어 하나씩 경험하면서 내 삶에 감사하고 싶었다. 인간이 벗어나지 못하는 생로병사를 겸허히 받아들이는 것도 한 뼘 더 성숙해진 관점이 아닐까? 매리와 우연히 만난 일은 삶의 다음 단계를 구체적으로 생각하는 데 도움이 되었다.

삶의 기반을 유럽으로 옮긴다면 영국이 가장 적합해 보였다. 언어 소통에 무리가 없고 직장 일을 하기에도 난관이 적다. 내가 아는 은행가 중에는 주말은 프랑스의 집에서 지내다 주중에 유로스타를 타고 통근하며 런던에서 일하는 사람도 있다. 그 무렵 영국은 미국의 증권맨에게 인기가 높아 런던행을 택한 사람이 많았다. 같이 일하던 미국 동료들을 런던 거리나 레스토랑에서 마주치는 경우가 드물지 않았다. 이를 반영하듯 파운드화 환율은 2.2달러를 넘어섰다. 이 단계에서 해야 할 일은 지금 맡은 일을 충실히 하면서 유럽으로 전근 가고 싶다는 뜻을 회사 본부에 알리는 것이었다. 그해에는 일이 순조롭게 진행되어, 계약도 잘 따내고, 거래량도 아주 우수했다. 그때부터 나는 런던 사무실과 컨퍼런스 콜conference call(상장사가 기관 투자가와 증권사 애널리스트 등을 대상으로 자사의 실적과 향후 전망을 설명하기 위해 여는 전화회의)을 할 때 자주 내 생각을 내비쳤고, 런던에서 일하는 동료들도 내 이름을 알게끔 노력했다. 사실, 영국 토박이 금융인들은 미국에서 오는 금융인과는 성격도 스타일도 달라 경계를 많이 했다. 하지만 나는 그들이 볼 때 이쪽에도 저쪽에도 속하지 않은 사람이라 선을 긋기 힘든 대상이었다.

그해 12월 뉴욕에는 엄청난 추위가 몰아쳤다. 눈 폭풍이 몰아쳐 도시가 거의 마비될 뻔했고, 외투깃을 얼굴까지 끌어올린 사람들은 백화점 윈도 장식도 보지 않고 지나쳤다. 57스트리트와 5애비뉴가 만나는 티파니 매장에는 커다란 크리스털 크리스마스 별이 매달려 바람이 불 때마다 소리를 내며 흔들렸다. 나는 연말을 앞두고 일찌감치 하와이로 향했다.

와이키키 해변은 여행객으로 붐벼 발 디딜 틈이 없었다. 고모 같은 부동산 중개인이 준비한 크리스마스 파티에 갔다. 짧은 바지와 꽃무늬 셔츠를 입은 참가자들이 모두 '알로하'를 외쳤다.

마지막 날에는 차를 몰고 마키키 산에 있는 호놀룰루 미술관에 갔다. 부드러운 바람이 부는 옥외 벤치에 앉아 풍경 소리를 듣고 있자니 가슴도 따라 일렁였다. 희한하다. 바람이 없으면 비행기가 뜨지 못하고, 바람이 너무 세게 불어도 뜨지 못하고, 바람이 사람 가슴에 불면 바람이 난다. 이런 생각을 하며 한국에 있는 이모에게 전화를 했다. 이모는 어릴 때부터 날 키워주시고 세상에서 나를 가장 잘 아는 사람이다. 감기가 걸렸는지 목소리가 조금 이상했다. 비타민과 오렌지 주스를 많이 드시라고 당부하며 새해 인사를 올렸다.

집으로 돌아오는 길에 하와이 사람들이 잘 먹는 포케Poke(생선회를 양념으로 버무려놓은 것)와 사케를 사서 친구들을 불렀다. 와이키키 해변을 보며 즐거운 이야기를 나누다보니 어느덧 자정. '해피 뉴이어!'를 외치면서 새해를 맞았다.

1월 첫째 주, 뉴욕으로 돌아와 이모의 감기가 차도가 있나 해서 한국에 전화를 했다. 몇 번 울려도 받지 않는다. 좀 이상했다. 이 시간에는 꼭 집에 계시는데? 며칠 후 다시 전화를 하니, 사촌 형이 전화를 받는다. 이모가 병원에 입원했는데, 목 수술을 한 뒤 상태가 위급하다는 것이다. 깜짝 놀라 이모를 바꿔달라고 했더니, 위중하여 전화를 받을 수 없다 한다. 그날 오후, 일을 마치고 서울행 비행기를 찾아보았다. 자정에 출발하는 비행기가 한 대 있었다. 어떻게 내 마음을 추슬러야 할지 몰랐다. 평소 논리적으로만 생각했던 죽음이 뼛속까지 스미드는 무서움으로 바뀌어갔다. 눈이 펑펑 쏟아지기 시작했다. 나는 뉴욕의 첫 룸메이트였던 싱가포르 친구 밍에게 전화를 걸었다. 공항까지 같이 가는 차 안에서, 밍이 건넨 따뜻한 위로의 말이 큰 힘이 되었다.

그날 비행기에는 승객이 별로 없었다. 내 얼굴이 아주 피곤해 보였는지, 옆자리 아저씨가 누워서 가라며 자리를 옮겨주었다. 나는 일기장을 꺼내 이모에게 하고 싶은 말을 적기 시작했다. 어릴 적 기억이 하나하나 머릿속에 떠올랐다.

사람의 인연이란 무엇일까? 이렇게 살다 죽는 것이 인생이라면 화낼 일이 무엇이며 서두를 게 무엇이겠는가? 이모에게 감사하는 마음을 담아 한 줄 한 줄 써나갔다. 그러다 눈을 붙인 것 같은데, 열 몇 시간이 훌쩍 흘러갔나보다. 인천 공항에 도착하니 새벽 다섯 시였다. 새 청사 공사가 한창인 공항에는 노란 나트륨등이 꽁꽁 얼어붙은 활주로를 비추고 있었다. 마음이 텅 비었으니 새벽의 텅 빈 공항도 처량해 보였다.

병원에 도착할 즈음에 날이 서서히 새고 있었다. 이모가 힘없이 병원 침대에 누워 있는 모습을 한 번도 보지 못한지라 눈물만 흘러내렸다. 사촌 형들이 등을 두드리며 말한다. "이모는 네가 웃는 모습을 좋아한단다."

나는 애써 웃으며 이모 옆에 앉았다. 이모 눈은 이미 초점을 잃었다. 의사가 와서 마지막 순간까지 청각은 있다고 말한다. 나는 비행기에서 쓴 글을 이모 귀에 대고 한 줄 한 줄 읽었다. 이모 눈에서 눈물이 흘렀다.

하룻밤을 이모 옆에서 보냈다. 다음 날 이모는 조용히 세상을 떠
났다.

내가 살고 싶은 런던에서
하고 싶은 일을 하며 살기

　이모와 작별하고 돌아온 뉴욕은 달라 보였다. 내가 좋아하는 눈이 거리마다 쌓여 있었지만, 내 안에서 무언가 빠져나간 것 같았다. 인간의 굴레를 경험하고, 내가 아무것도 할 수 없다는 사실을 깨달았다고나 할까? 그리운 얼굴을 더는 볼 수 없다는 슬픔이 밀려왔다. 이모가 살아 있다 해도 이모를 자주 만나거나 같이 생활할 수 없는 것은 마찬가지다. 그런데 무슨 변화가 나를 이렇게 슬프게 만드는 것일까? 이제는 두 번 다시 볼 수 없기 때문일 것이다. 그러나 내 마음속에는 언제나 이모가 있다. 눈으로 꼭 보지 않고, 이모 목소리를 귀로 꼭 듣지 않아도 항상 옆에 있다.

　무거운 마음을 달래려고 물건들을 정리했다. 내가 소중하게 여기는 인간관계에서 후회하지 않고 가볍게 떠나려면 정신적인 짐 정리를 해야 했다. 높은 곳으로 올라갈 때 무거운 짐을 잔뜩 둘러메고 갈 수는 없지 않은가. 그때부터 나는 내게 꼭 중요하지 않은 것은 내려놓고 이 세상에서 없으면 안 될 것과 함께 살기로 마음먹었다. 소유하고 싶은 욕망에서 자유로워지려는 나 자신을 좀 더 알고 싶었다.

그러는 사이 뉴욕에 봄이 찾아왔다. 뉴욕의 봄은 참 아름답다. 벚꽃이 파크애비뉴를 꽉 채울 때쯤이면, 여기저기서 페스티벌이 열린다. 파리를 연상케 하는 브라이언트 공원의 높은 포플러나무 아래 겨우내 설치해놓았던 아이스링크가 철거되고, 새로 깐 잔디 위는 햇볕을 즐기려는 사람으로 가득 찬다. 길거리 푸드트럭에서는 인도 음식, 한국 음식, 멕시코 음식이 후각을 자극하고, 양복 입은 회사원들이 줄을 서서 산 도시락을 공원 벤치에 앉아 잘도 먹는다. 나도 점심시간이 되면 게이코와 짜장면을 먹으러 나가곤 했다.

그해 봄 나는 유럽에 갈 준비를 하며 미국 생활을 정리해나갔다. 이모를 여읜 아픈 마음을 추스르려고 애쓰면서. 게이코는 내가 미국을 떠난다는 소식에 섭섭해하면서도 나를 응원해주었다. 그동안 내가 늘어놓는 불평을 듣는 것도 힘들었을 것이다.

드디어 보너스 날이 왔다. 통장에 돈이 들어온 다음 날 뉴욕의 헤드에게 사내 전근을 요청했다. 그는 내가 회사에 불만이 있는지 궁금해했다. 나는 개인 목표를 잘 설명하고, 현재 회사의 글로벌 오피스에 자리가 난 곳을 알려달라고 부탁했다. 헤드는 2주 뒤 글로벌 헤드가 뉴욕에 올 예정이니 같이 상담해보자고 했다.

글로벌 헤드의 답변은 다소 부정적이었다. 그러더니 싱가포르 오피스를 먼저 제시한다. 나는 날씨가 덥고 습한 곳에서는 몸이 축 처져 견디지 못한다. 정중히 거절을 하고, 또 다른 옵션을 부탁했다. 글로벌 헤드는 이 나라 저 나라 오피스와 이야기하더니, 도쿄로 가라고 한다. 나는 예전에 도쿄에서 오래 지냈고 출장도 자주 간 터라 도쿄가 달갑지 않았다. 그래서 내가 먼저 런던이나 프랑크푸르트 오피스는 어떠냐고 물었다. 대답은 'NO'였다. 거긴 사람이 꽉 찼을뿐더러 지금 연봉보다 낮게 받을 수도 있다고 했다. 그러나 나는 돈을 많이 버는 것보다 내가 살고 싶은 도시에서 하고 싶은 일을 하며 살려는 마음이 더 컸다. 그래서 만약 자리가 비면 꼭 고려해달라고 부탁하고 이야기를 끝냈다.

며칠 후 내가 직접 런던 헤드에게 전화를 걸어, 그곳에서 일하고 싶다는 의향을 말했다. 다음 달에 회의가 있어 뉴욕으로 올 계획이니, 그때 이야기해보자고 한다. 뉴욕에 와서 내 몸에 밴 습관은, 결과가 어떻게 되든 내 의향을 상대방에게 뚜렷이 알리는 것이었다. 나는 전화를 끊고 만날 준비를 했다. 유럽의 증권투자 현황을 파악하고, 기관투자가들의 자산관리 규모, 또 언어 면에서 어느 나라에 배치될 수 있나 등등을 공부해놓았다.

런던의 헤드는 흥미롭게도 내가 전에 다닌 회사 출신이었다. 함께 저녁 식사를 하는 동안 아는 사람들의 이름이 식탁 위를 오갔다. 다행히도, 전년도 내 실적은 상당히 좋았고, IPO(Initial Public Offering: 주식공개상장·기업이 최초로 외부투자자에게 주식을 공개 매도하는 것으로 보통 코스닥이나 나스닥 등 주식시장에 처음 상장하는 것)도 잘 치렀다는 소식이 회사에 퍼져서, 런던의 헤드도 나에게 긍정적인 인상을 가진 것은 분명했다. 하지만 역시 빈자리는 없었다. 그는 런던에 돌아가 상황을 살펴본 후 연락을 주겠다고 약속했다. 지금부터는 인내와 설득, 그리고 조금의 운이 필요했다. 기다리는 동안 프랑스어와 스페인어를 계속 공부하면서, 중국 역사에 관심을 두고 강연에 참석하며 중국 친구들을 사귀었다. 하지만 홍콩계 중국 친구들은 베이징어를 잘 모르고, 베이징어를 쓰는 중국 친구들은 영어로 말하기를 원해서, 중국어를 배우는 것이 쉽게 진도가 나가지 않았다.

그러던 어느 날, 런던 오피스로부터 연락이 왔다. 인터뷰하러 런던으로 오라는 것이었다. 나중에 안 일이지만, 없는 자리를 만드는 데 런던 동료들이 무척 반대했고, 결론은 모든 동료가 나를 만나본 뒤 전체의 동의로 결정하기로 했다는 것이다. 뉴욕에서 런던으로 가는 비행기는 대여섯 시간이면 도착하므로 미국인이나 영국인은 대서양을 연못the Pond이라 부른다. 나는 인터뷰를 위해 차분한 색상의 넥타이와 접단cuff이 없는 바지, 소맷동 단추cuff link가 있는 셔츠를 골라 미국인의 특징이 드러나지 않도록 했다. 그리고 영어 발음을 표준 유럽식 영어로 바꾸었다.

런던 오피스에 도착하니, 미래의 동료가 될 사람이, "하이, 메이트! Hi, mate"라며 인사를 한다. 미국에서는 이런 표현을 거의 쓰지 않는다. mate는 친구라기보다 같은 프로젝트를 하며 이익을 나누는 동료라는 뜻이고, 자본주의의 성격이 강하게 내포되어 있다. 나중에 안 일이지만, 영국에서는 미국인이나 대륙의 유럽인이 자주 쓰는 friend라는 단어를 잘 쓰지 않는다. 미국과 영국의 차이를 단적으로 나타내는 상징 같았다. 동료 열세 명과 신디케이션, 캐피털 마켓의 타 부서 동료들을 만나 면접을 보았다.

호텔로 돌아오니 창밖에 펼쳐진 그린파크와 그 뒤 버킹엄 궁전이 영국의 여름을 잘 보여준다. 이번에는 내가 자주 먹던 인도 요리 대신 한국 음식을 먹기로 했다. 예상하긴 했지만, 뉴욕보다 훨씬 비싸고, 그다지 마음에 들지 않았다. 서비스는 불친절했고, 반찬값을 따로 받는 것을 보고, 런던에서는 한국 음식 먹는 것을 줄여야겠다고 생각했다. 일본 음식도 실망스럽기는 마찬가지였다. 다행히 피시앤칩스 외에 중국 음식도 선택할 만했다. 가격이 비싼 것은 흠이지만 맛을 고려하면 불평하지 않고 먹을 수 있었다. 그러나 영국에 사는 친구들은 뉴욕에서처럼 저녁을 바깥에서 잘 먹지 않는 것 같았다. 일을 마치고 근처 펍에서 술을 마시며 케밥이나 소시지로 배를 채우고 가는 사람이 많았다.

런던의 집들을 둘러보니 집값을 달러로 환산하면 뉴욕보다 훨씬 비쌌다. 런던 중심부에서는 아주 작은 스튜디오를 빌리는 것도 3,500달러가 넘었다. 하지만 집이 절대적으로 모자란 탓에 부동산 중개소에 매물로 나오자마자 계약이 이루어지는 것 같았다. 교통비도 비쌌다. 세계에서 가장 먼저 건설된 런던 지하철은, 각 지역 우체국에서 나오는 우편물 배송업무를 하던 그 시절부터 지금까지도 에어컨이 없고, 열린 창으로 들어오는 바람은, 팔을 들어 손잡이를 잡고 있는 옆 승객의 땀 냄새를 고스란히 몰고 왔다. 어느 날엔 폭우가 쏟아졌는데, 나는 지하철 역사에 들어가 비를 피했지만, 내 뒤에 들어오려던 승객들에게는 지하철역 문이 닫혀버렸다. 다 탈 수가 없다는 것이 이유였다. 15분을 기다려도 지하철이 오지 않고 아무런 안내방송이 없었지만, 영국 사람들은 불평 없이 줄을 서서 기다렸다. 이처럼 영국인들은 공공장소에서는 질서를 잘 지킨다. 하지만 개인적 장소에서 일어나는 일은 말하지도 않을뿐더러 묻지도 않는다. 지하철을 기다리다 지쳐 역무원에게 물었다. "다음 기차가 언제 옵니까?" 그 사람은 무표정하게 대답했다. "올 겁니다." 그러고는 자기 일에 몰두했다 '언제'라는 대답은 그냥 생략하고서.

런던에서 뉴욕으로 돌아온 며칠 후 드디어 연락을 받았다. 9월 1일부터 런던 오피스로 출근하라는 내용이었다. 이제 진짜로 뉴욕 집을 정리할 차례였다. 앞으로 뉴욕에 올 때마다 집에서 지내면 비싼 호텔에 머무는 것보다 돈을 아낄 수 있으므로 세를 주지 않고 비워놓기로 했다. 거실 벽에 걸린 그림과 책상 위 사진들을 보자니 슬픈 기분이 밀려왔다. 뉴욕을 떠나는 날, 나는 가방 두 개에 옷가지를 넣고 공항으로 갔다. 비행기가 활주로를 벗어날 때 내 마음은 20여 년 전 뉴욕으로 오던 때로 돌아갔다. 이제 새로운 도시에서 삶이 열린다. 새롭게 일을 익히고 새 친구도 사귀어야 한다. 유럽도 더 구석구석 여행해야지. 와인도 더 많이 맛봐야지. 런던으로 날아가며 나는 마음이 설렜다.

제4장

5개국에 집을 두고 일하고 공부하고 여행하는 나는 노마디스트

　새벽 런던 히드로 공항에는 비가 쏟아지고 있었다. 런던의 검은 택시 블랙캡의 트렁크에 가방을 싣고 임시로 묵을 호텔로 향했다. 도착한 그날부터 할 일이 많았다. 은행 계좌를 개설하고, 집을 구하고, 회사로 가는 빠른 교통편을 알아봐야 했다. 다행히 그날 둘러본 집 중에 마음에 드는 곳이 있었다. 영국식 건축 양식으로 지은 4층 짜리 빨간 벽돌집에 있는 스튜디오였다. 나중에 알고 보니 그 동네는 마돈나가 이사 온 리젠트파크 옆의 조용한 지역이었다.

　인도 카레를 저녁으로 먹고 호텔로 돌아와 침대에 누우니, 뉴욕에 도착한 첫날이 생생히 떠올랐다. 그랜드센트럴 역, 42스트리트, YMCA, 첼시의 게스트하우스, 그리고 자정이 다 되어 도착한 유스

호스텔. 휴게실 구석에서 몸을 구부리고 맞은 뉴욕의 첫 밤. 20년 전 뉴욕에 처음 도착한 날도 이날과 같은 8월 25일이었다.

당시 런던의 금융회사들은 영국중앙은행을 중심으로 뻗어나간 런던시에 밀집해 있었다. 영국이 가장 강력하던 시대의 건물들이 잘 보존되어 있고, 좁은 길로 2층 버스가 이리저리 다닌다. 고대 로마 사람들이 살았던 지역의 분계선인 로마의 벽도 현대식 건물 옆에 보인다. 비좁은 옆길로 들어서면 찰스 디킨스의 소설에 나오는 가축 시장이 아직도 운영되고 있다. 집에서 새벽에 나와 첫 지하철을 타면 회사까지 40분 걸렸다.

동료들은 대부분 자전거로 통근하는 것 같았다. 비 오는 날이면 양복 위에 우의를 덧입고 와서 회사에 들어올 때 벗고 들어오는 모습도 뉴욕과는 확실히 다른 풍경이었다. 비가 매일 내리다시피 하니 우산을 늘 갖고 다니는 사람이 많지만, 후드가 달린 외투를 입고 비를 맞으며 천천히 걷는 사람도 많이 보인다. 다리지 않은 셔츠나 팔꿈치에 구멍이 난 스웨터도 아무렇지 않게 입고 다닌다. 어디서 많이 본 듯한 건물들은 영화 〈다빈치 코드The Da Vinci Code〉나 〈셰익스피어 인 러브Shakespeare In Love〉에서 본 장소였다.

런던에서 일을 시작한 지 한 달도 되지 않아 금융 제도에 관해 시험을 봐야 했다. 시험을 본 날 오후에는 일본으로 일주일 간의 출장을 떠났다. 일본을 다녀온 다음에는 곧장 북유럽과 네덜란드 고객들을 찾아가 내 소개를 해야 했다. 어쩌면 뉴욕 생활보다 더 빡빡한 스케줄이 시작된 것 같았다. 코펜하겐에서 비행기를 타고 밤 열한 시에 런던에 도착해 집으로 가면 새벽 한 시, 다음 날 집 앞에서 기다리는 리무진을 타고 그날은 또 에든버러로 출장을 가 하룻밤을 묵고, 거기서 곧장 암스테르담으로 이동하는 일이 계속되었다. 내 시간을 가질 수 없었고, 다음 날 스케줄을 확실히 외워놓지 않으면 실수할 여지가 많았다. 더구나 내가 잘 아는 고객들이 아니라 새로운 고객을 상대해야 한다. 예를 들어 노르웨이의 국가연금체계나 네덜란드 전국 교사들의 연금 운용사들은 미국 고객들과는 투자관도 방법도 다르므로 본의 아니게 실수할 수 있다. 런던에 있는 헤지펀드 회사들도 원하는 정보가 미국과 다르고, 내 의견을 청취하기보다는 회사 경영진을 더 만나고 싶어 했다. 보스턴도 그랬지만, 런던은 특히 보딩스쿨(영국의 사립학교는 기숙사를 갖춘 보딩스쿨Boarding School과 기숙사가 없는 데이스쿨Day School로 나뉜다. 보딩스쿨은 대학을 준비한다는 의미에서 프리패러토리스쿨Preparatory School이라고도 하며 약어로 흔히 프랩스쿨이라고도 부른다. 학비가 대학 학비 못지않게 들어가므로 경제적인 여유가 있어야 보낼 수 있고, 어느 정도의 생활 수준이 요구된다)부터 알고 지낸 사람들끼리, 옥스퍼드나 케임브리지 대학교 모임에서 드러내지 않고 친분을 유지하기 때문에 그 내부로 파고드는 것은 불가능해 보였다.

나는 영국 사회를 이해하려고 노력을 기울였다. 영국은 사회 계급이 확실히 나뉘어졌어도 표면적으로는 아무 알력 없이 잘 운영된다. 또 무슨 말을 하거나 웃음만 지어도 교육이나 성장 배경이 저절로 드러나며, 아주 잘 아는 사이가 아니라면 말을 아끼고 날씨 이야기만 한다. 상대방이 자기 상대가 된다고 생각하면 자기가 다닌 학교의 교수 이름이나, 자신이 속한 클럽 이름을 자연스레 말하며 신분을 노출하기도 하는데, 그들을 분석해보고 싶었다. 이른바 옥스브리지 출신 동료들은 언성을 높이는 일이 좀처럼 없었다. 아무리 급박한 상황에서도 제임스 본드처럼 침착하고 신속하게 일을 처리했다. 총리가 바뀔 때도, 여왕의 허락이 떨어지면 그날로 다우닝가 10번지에서 쥐도 새도 모르게 이사를 나가고, 신임 총리는 그곳에 살던 고양이에게 간단한 인사를 하고 들어온다. 영국 사회를 이해하려면 영국 역사책을 많이 읽어야 했다. 앞에서 말했지만, 나는 뉴욕에 있을 때 내 행동방침을 알파벳 CPRF로 정리했다. 용기Courage를 내고, 준비하고Prepare, 계획을 수정하고Revise, 앞으로 나아가는Forward 것이다. 이것을 새롭게 영국에서 실천할 때였다.

덴마크 출장을 갔을 때다. 떠나기 전날 미슐랭 별을 가장 많이 받은 코펜하겐의 레스토랑을 예약해두었다. 레스토랑의 음식맛은 기대 이상이었다. 쇠고기 부위에 따라 현지에서 생산되는 여러 종의

베리를 사용해 만든 스칸디나비아풍 소스를 뿌리고, 인상적인 북해의 해산물을 내놓았다. 코냑과 비슷한 도수와 맛을 가진 애프터 디너 리큐어는 여러 약초를 넣어서 추운 코펜하겐 밤에 아주 요긴한 술이었다. 현지 사과를 주재료로 쓴 샴페인도 훌륭했다. 온화한 남유럽과 비교해 식재료가 풍부하지 않은 나라에서, 프랑스 요리법에서 출발해 창의성을 마음껏 발휘해 덴마크식 식문화를 발전시킨 셰프의 용기에 박수를 보내고 싶었다.

이튿날에는 자동차로 두 시간 떨어진 덴마크의 중세 소도시 실케보르로 기관투자가를 만나러 갔다. 소도시에 자리잡고 있지만 엄청난 규모의 연금을 아시아에 투자하고 있는 은행이다. 차가 달리는 동안 창밖으로 비옥한 땅이 펼쳐졌다. 덴마크는 독일과 전쟁을 치르며 땅을 많이 빼앗겼지만 낙농업과 육류 품종 개발에 정성을 쏟은 결과, 세계에서 손꼽히는 부자 나라가 되었다.

중세에 형성된 실케보르는 낮은 구릉과 삼림을 낀 아름다운 휴양지이기도 하다. 도착한 마을은 한가운데에 우물이 있고, 리본을 맨 어린아이들이 여기저기 뛰노는 평화로운 시골이었다. 하지만 은행에 들어가는 순간부터 역시 규모가 크고 돈이 많은 은행이라는 것을 한눈에 알 수 있었다. 현관과 사무실을 잇는 유리 다리에서 내려다보이는 트레이딩 플로어는 런던의 어느 은행과 비교해도 뒤지지 않았다. 건축물로서도 훌륭했다. 금빛이 도는 나무와 유리의 조합이

스칸디나비아의 미니멀한 미감을 잘 살리고 있었다.

처음 만난 투자위원회 위원장은 아시아의 정치 동향과 각국의 경제지수를 꿰뚫고 있는 이른바 톱다운Top down 투자가여서, 나는 개별 주식보다는 국가, 정치 리스크, 금리와 관련해 밀도 높은 토론을 했다. 그는 한국에 대해서도 아는 것이 많아, 덴마크 요구르트가 한국에서 인기 있다며 웃었다. 그러나 회의를 마치고 나올 때 장래의 투자 의향을 금방 말해주지는 않았다. 나 역시, 첫 대면부터 그런 요행수를 바라지는 않았지만. 이렇게 먼 곳까지 와주어 고맙다며 다시 만나자고 하는 인사말을 들으니, 완전히 거절당한 것은 아닌 것 같았다. 그것만으로도 대만족이었다.

돌아오는 길에 장난감 회사 레고가 만든 테마파크 레고랜드Legoland에 들렀다. 작은 플라스틱 조각으로 블록형 공작물을 만드는 레고 회사는 덴마크를 세계에 알리는 데 한몫했다. 레고랜드에는 시대의 변화에 발맞춰 창의성을 가미한 다양한 장난감이 많이 나와 있었다.

런던 사람 되기

런던으로 돌아와 비교적 친하게 지내는 동료와 이야기해보니, 저번 주에 나를 빼고 파티를 했다고 한다. 동료는 마음에 걸려 말해주는 것이라고 했다. 영국에서는 대개 사무실 내 카페테리아에서 선 채로 차를 마시며 가십을 나눈다. 가십은 여러 정보를 포함하고 있어서 가십 정치에서 뒤처지면 회사 일도 힘들어진다. 내가 출장을 간 사이에 파티를 연 이유를 알고 싶어서, 그 주에는 자주 차를 마시러 카페테리아로 갔다. 결국 내 귀에 들어온 사실은 파티에 나를 초대할지 여부를 놓고 의논하다가, 극구 반대한 사람이 있어 나를 빼놓게 되었다는 것이었다. 공교롭게도 그 사람은 내 바로 옆자리에서 조용히 일하는 영국의 전형적인 젠틀맨처럼 보이는 사람이었다. 옥스퍼드대학 출신으로 귀족 호칭도 갖고 있어서, 이름 대신 귀족 호칭으로 부르는 고객도 있었다. 나는 그에게 직접 묻기로 했다. 이야기를 꺼내자, 사무실 안이 쥐 죽은 듯 조용해지며 사람들의 귀가 우리 대화에 쏠렸다. 그는 내가 무슨 말을 하는지 모르겠다고 일축했다. 미국과 달리 영국의 사무실에서는 동료끼리 말다툼을 벌이는 일이 아주 드물다. 나는 그들 시각에서 볼 때 외국인이라 그 관례를 깰 수 있었다. 그다음 주, 나는 고급 레스토랑을 빌려 그 사람만 빼고 모든 동료를 초대했다. 영국식 '등 뒤에서 칼 찌르기'였다. 물론 득을 보는 사람들은 여기저기 참가해서 공짜 술과 음식을 얻어먹는 사람들이다.

영국 역사에서 헨리 8세를 둘러싼 이야기는 유명하다. 헨리 8세는 첫 번째 왕비 캐서린과 이혼하고 앤 불린과 결혼하고자, 이혼을 반대하는 로마 교황청과 결별하고 성공회를 국교로 세운다. 헨리 8세와 캐서린 사이에서 태어난 메리는 왕위에 오르자 국교를 가톨릭으로 되돌리는데, 이 과정에서 성공회 신도들을 무자비하게 처형하고 불태워 죽인다. 여기서 블러디 메리Bloody Mary라는 별칭이 유래했다. 칵테일 블러디 메리는 토마토 주스와 보드카를 혼합한 술이다. 미국인이 'F'가 들어가는 단어로 욕을 한다면, 영국인은 '블러디 헬Bloody Hell'이라고 자주 하는데 이것도 역사와 겹쳐 보면 이해가 된다.

그 당시 행해진 처형 방법을 들으면 입이 쩍 벌어진다. 처형자의 목을 매달아 숨이 끊어지기 전에 산 채로 물통에 거꾸로 넣어 고통을 준 다음, 주검을 네 토막으로 잘라 지금의 하이드파크 옆에 걸어놓았다고 한다. (중국에서 사람을 산 채로 살점 1,000개를 도려낸 것보다는 덜 잔인하게 느껴진다.) 정치와 종교 분쟁으로 피가 난무하는 세상에서, 목소리를 줄이고 의견을 불명확하게 표명하는 것도 살아남는 방법이었으리라. 헨리 8세의 계비인 앤 불린의 딸로 여러 번 처형될 위기를 겪었던 엘리자베스는 메리 1세에 이어 왕위에 오르자 성공회를 부활시키며 또 많은 가톨릭 신도를 처형했다. 이렇게 뒤집어지고 뒤집어지는 역사를 생각하면 영국인의 생활 태도에 이해가 갔다. 자기 의견을 마음속에 숨겨놓고 말을 아껴야 살아남을 수 있는 것이다.

영국인은 주로 펍에서 술을 마신다. 펍은 퍼블릭 하우스public house를 줄인 말로 영국의 대중적 술집이다. 가끔 프리 하우스free house라는 간판이 보이는데, 이곳은 여러 양조장의 술을 취급한다는 의미다. 일을 마치고 거의 매일같이 동료들과 펍에 다니다보니 주량은 늘고 건강은 나빠졌다. 공공장소인 회사에서는 예의 바르고 품위 있게 행동하는 사람들이, 펍에서는 취한 모습을 보인다. 아무리 같이 오래 일해도 개인의 사적인 영역을 잘 노출하지 않는 그들이 술에 취했을 때만큼은 자기 모습을 드러내며, 영국 사회는 이를 용인하는 것 같았다. 이것은 한국의 '체면'과도 비슷하다. 평소에 좋은 말씨와 예의 바른 태도를 구사해야 하는 사람들에게 자신이 속한 사회적 압박은 스트레스를 안겨줄 수도 있어서 술로 풀어야 하는 것이다.

그렇게 일하고, 마시고, 주말에는 영국과 유럽을 공부하고 있을 때, 싱가포르와 노르웨이의 국부펀드SWF : Sovereign Wealth Fund(정부가 외환 보유고 같은 자산을 가지고 주식, 채권 등에 출자하는 투자 펀드)가 엄청난 규모와 속도로 아시아에 투자를 하기 시작했다. 우리 회사에서 아직 관계를 트지 못한 노르웨이 국부펀드에 대한 책임이 어느 날 나에게 주어졌다. 여러모로 공부할 것이 많았다. 그렇게 엄청난 규모의 투자가들은 대부분 사내 금융공학도들이 컴퓨터 프로그램으로 투자모델을 만들고, 마켓 시뮬레이션 테스트를 거쳐 주식을 사들이는데, 거기서 내가 제공할 수 있는 가치는, 내가 잘 아는 액티브 매니지먼트(펀드매니저들이 주식을 골라 투자하는 방법)와 패시브 매니지먼트(주가지수를 본뜬 모델로 투자하는 방법) 전문가들의 의견을 비교하고 분석해서 만든 모델이 어떻게 변동 폭이 더 큰지 설명하는 것이었다. 나는 우선 수학 천재라 할 만한 두뇌를 가진 금융학 박사학위 소지자 동료 두 명과 프레젠테이션의 방향을 잡고, 그들에게 방향을 제시하고, 그들의 전문성에 기댔다. 내가 할 수 없는 일은, 그 일을 나보다 더 잘 아는 전문가에게 맡기는 습관을 그때 기르게 되었다. 이런 때는 같이 일하는 사람들과 신뢰가 있어야 하는데 계약을 따오면 우리 모두가 이익을 본다. 예전에는 개인 프로젝트와 그룹 프로젝트를 비교해보면 나 혼자 추진한 것이 더욱 효율적이라는 것을 경험해왔기 때문에 이런 태도는 나에게 새로운 현상이었다. 아마 나이가 들어간다는 의미일까?

일도 재미있고 새로운 사람을 만나는 것도 흥미로웠지만, 내 관심은 점점 역사와 사회현상으로 쏠렸다. 영국과 아일랜드의 관계는 그중 하나였다. 영국은 12세기부터 700년 간 아일랜드를 지배했는데, 1845년 시작된 감자 기근으로 100만 명에 이르는 아일랜드 사람이 굶어 죽어가는데도 이를 외면했다. 아일랜드는 기나긴 식민지배에서 벗어나 1921년에 독립했는데, 어찌나 차별이 심한지 1970년대까지도 영국에서 집과 직장을 구하기가 어려웠다. 또 브렉시트Brexit (영국의 유럽연합EU 탈퇴를 뜻하는 신조어로 영국Britain 과 탈퇴exit 의 합성어) 이후에는 EU 회원국인 아일랜드와 영국 영토인 북아일랜드의 관계가 주요 문제로 떠올랐다. 서양 강대국들이 200년, 300년 동안 세계 정치에 영향력을 행사해온 배경에는 무엇이 숨겨져 있을까? 동양에서는 일본이 근대화 이후 서양을 따라잡으려고 무진 애를 썼지만 1990년대 거품경제가 붕괴하면서 이를 회복하고자 안간 힘을 쓰고 있고, 이제 슈퍼파워로 떠오른 중국은 자기 나름의 문제가 쌓여 있다. 언제 시간이 나면 동양과 서양의 역사를 비교하면서 문화와 경제에 관한 공부를 해보고 싶었다.

하루는 점심을 먹고 사무실에 들어가니, 트레이더들이 일어나 박수를 쳐준다. 영문을 몰라 미소를 짓고 책상에 앉아 비서에게 물어보니, 지난번에 심혈을 기울여 프레젠테이션한 노르웨이의 국부펀드에서 내가 제의한 모델을 기반으로 큰 규모의 주문이 들어왔다고 한다. 용기를 잃지 않고, 바뀐 런던의 환경 속에서 조심스럽게 또 창의적으로 준비한 일들이 결실을 맺은 것이다. 내가 추구한 알파벳의 명제들이 하나하나 정리돼가고 있었다. 참 기뻤으나 책임감이 더욱 무겁게 느껴졌다. 그 뒤에도, 네덜란드의 은행과 런던에서 까다롭기로 정평이 난 펀드 회사에서 주문이 들어왔다.

그러자 친해진 고객들이 나를 자신이 속한 클럽으로 초청하기 시작했다. 세인트제임스파크 뒷길에 웅장하게 서 있는 프라이빗 클럽에도 초청을 받았다. 옷차림과 몸동작뿐만 아니라 입에 올리는 단어 하나까지 주의해야 하는 클럽들을 보면서 영국인의 전통과 습관에 흥미를 느꼈다. 영국인은 오후에 애프터눈 티를 마시는데 이 습관은 19세기에 귀족들이 중국차를 즐기면서 퍼진 문화다. 19세기에 중국차의 수입이 급증하며 수입 초과 현상이 빚어지자 영국 정부는 인도산 아편을 중국으로 밀수출했고, 중국이 이에 반발하자 1840년에 아편전쟁으로 비화했다. 전쟁 후 맺어진 난징조약은 중국이 경제, 정치, 문화 등 모든 방면에서 서구에 침략당하는 계기가 되었다. 런던 그린파크 옆 호화로운 리츠 호텔에는 애프터눈 티를 즐기는 젊은 중국 유학생들이 보이는데, 과연 이들이 그런 역사를 알까 싶었다.

고객 접대에도 영국만의 특색이 있다. 인도로부터 받은 세계에서 제일 큰 다이아몬드가 있고, 엘리자베스 1세의 어머니 앤 불린이 남편 헨리 8세의 명에 의해 참수당한 장소가 잘 전시된 런던 타워(이곳에서 앤 불린뿐 아니라 무수한 왕자와 공주가 죽었다)를 빌려 문화적인 접대를 하거나, 템스 강에 호화 요트를 띄워 라이브 음악과 춤을 즐기기도 한다. 웨스트민스터 사원 건너편에 위치한 대관람차London Eye를 통째로 빌려, 칸마다 샴페인과 캐비아를 채워놓고 즐기다가, 땅으로 내려와 저녁을 먹으러 가는 코스도 있다. 고소공포증이 있는 나는 그때 관람차 안에서 아래를 내려다보지 않으려 애쓰며 고객들과 이야기하느라 진땀을 뺐다.

고객과 대화할 때는 영국식 드라이 유머dry humor가 주를 이룬다. 얼굴 표정을 바꾸지 않고 툭 던지는 냉소적인 농담인데, 영국인의 문화적 특징을 잘 이해하지 못하면 대화에 끼어들기 어렵다. 그러자 반대 상황이 떠올랐다. 아시아 나라에서는 자국의 풍습을 잘 이해하지 못하고 행동하는 서양인을 어떻게 생각할까? 모르긴 몰라도 영국만큼 배타적으로 생각하지는 않을 것 같았다. 오히려 귀엽게 여기는 시선도 있을지 모른다.

크리스마스캐럴 공연

　그해 말 오랫동안 생각해왔던 런던 바로크 합창단에 들어갔다. 바리톤과 달리 테너가 턱없이 부족해서, 악보만 잘 읽으면 환영하며 뽑아주었는데, 회사 동료가 아닌 영국인들과 사귈 수 있는 좋은 기회였다. 나는 이탈리아, 독일, 프랑스의 바로크 음악은 많이 들었지만, 영국의 바로크 음악은 많이 듣지 못했다. 독일 출생이지만 런던에 오래 살았던 게오르크 헨델을 빼고는 생소했다. 이렇게 합창단 활동을 하면서 주말에는 가까운 대학교에서 사회학 수업을 듣기로 했다. 그러자 런던 생활이 더욱 바빠졌다. 합창 연습을 하는 월요일과 목요일에는 미리 연습을 해가지 않으면, 옆에서 노래하는 테너 멤버로부터 영국인 특유의 곁눈질을 받았다. 합창단 내부에도 눈에 보이지 않게 파가 갈린다. 연습 후에 펍에서 누구와 술을 마시느냐에 따라 그룹이 자연스럽게 형성되었다. 외국인은 나를 포함해서 모두 넷으로, 하나는 스웨덴 사람, 나머지 두 명은 콜롬비아 출신 유학생 부부였다. 눈치를 보아하니 콜롬비아 부부도 합창단에 친구가 없었다. 펍에서도 우물쭈물 앉아 있다가 다른 사람보다 일찍 자리를 뜨기 일쑤였다. 친구 사귀기는 영국에서 가장 어렵다는 것을 또 한 번 깨달았다.

어느 날, 평소처럼 합창 연습을 마치고 펍으로 몰려가 내가 먼저 한 라운드를 사서 마시고 있는데, 소프라노를 맡은 금발의 여자 의사가 말을 걸어왔다. 그러자 그 옆에 앉아 있던, 평소 합창단에서 눈인사만 나누던 남녀 두 사람도 내 말에 귀를 기울인다. 한번 이야기를 시작하면 좀처럼 대화 주제를 잃지 않는 나는, 영국인들의 선망과 호기심의 대상인 미국에 대해 내가 경험한 바를 이야기해주었다. 뉴멕시코 샌타페이Santa Fe의 인디언부터 하와이의 화산 폭발까지 종횡무진하며, 우리는 친구가 되었다. 자정 무렵에 끊어지는 지하철을 놓치지 않으려고 우리는 겨우 일어서 집으로 돌아갔다. 집에 도착해서 나는 영국인이 미국인보다 더 다양한 민족성을 가졌을지 모른다고 생각했다. 그날 나와 가깝게 이야기한 세 사람은 부모가 외국인이었다. 한 사람은 아일랜드인 부모, 한 사람은 스코틀랜드인 부모, 그리고 금발 의사는 이탈리아인 부모를 두었다. 아, 역시 그렇구나! 이민 초기 부모가 고생한 것을 목격했기 때문에 2세들은 외국인에게 좀 더 포용적일 수 있겠구나.

그다음 주말, 합창단원 한 사람이 템스 강 서쪽 킹스턴에 사는데, 파티에 오라고 한다. 킹스턴은 헨리 8세의 궁궐이 있는 지역이다. 영국의 파티는 미국에 비하면 입는 옷이나 가지고 가는 선물이 자연스러웠다. 우리를 초대한 사람은 손님들을 즐겁게 해주려고 요트를 타고 템스 강을 동쪽으로 거슬러 올라가는 이벤트까지 준비해놓았다. 모두 함께 요트를 타고 오랜만에 햇살이 내리는 강을 따라 합창을 하며 아름다운 오후를 만끽했다. 한참 가다보니 눈앞에 큰 수문이 보였다. 운하 게이트였다. 한 사람이 내려 수문조절장치로 가서 뒤쪽 문을 닫으니, 배가 위로 올라가기 시작했다. 조금 있다가 앞문을 여니 수위가 평행해져 앞으로 전진한다. 그때, 요트 주인이 샴페인을 들고 나오며 "해피 버스데이!"를 외쳤다. 지난번 펍에서 가깝게 이야기를 나눈 이탈리아계 여자 의사의 생일이었다. 우리는 자연스럽게 소프라노, 메조소프라노, 테너, 베이스로 나눠 생일 축하 노래를 불렀다. 이렇게 즐거움을 나누고 있노라니 조금이나마 영국에 적응이 된 것 같았다. 모두 '메이트'가 아닌 '친구'들 덕분이었다.

하는 일은 순조롭게 진행되었고, 합창단 덕분에 영국 친구들과 놀러 갈 기회도 더 많아졌다. 또 주말마다 대학교에서 역사학과 사회학 강의를 들으며 내 시야도 넓어졌다. 뉴스에서 보도하는 대로 또는 예전에 교과서에서 배운 대로 역사나 정세를 바라보는 것이 아니라, 이모저모 국제관계를 분석하며 거시적 안목으로 해석하는 시각이 길러졌다. 영국 전역을 여행하면서 지역을 이해하는 시야도 생겼다. 같은 영국인끼리도 못 알아듣는 지방어가 수두룩한데, 이제는 영어의 다양한 표현이 내 귀에도 들어왔다.

그 바쁜 와중에 우리 합창단은 찰스 황태자와 다이애나 비가 결혼식을 올린 세인트 폴 대성당과, 트래펄가광장 바로 옆 세인트 마틴 인 더 필즈 성당에서 공연하는 계획이 잡혔다. 영국의 기강 훈련은 과연 주목할 만했다. 인솔자의 지휘 아래 합창 연습뿐 아니라 성당으로 들어가는 순서, 걸음걸이와 자세 등 하나부터 열까지 몇 번이고 연습했다. 모든 사람이 조용히 그 지휘에 따랐다. 그때 처음으로 세인트 폴 대성당에서 여왕만 사용한다는 비밀 통로를 통해 성당으로 들어가보기도 했다.

체면 때문에 망하는 나라가 있는 반면, 체면으로 먹고 사는 나라가 영국이라는 생각이 들었다. 프랑스 역시 체면을 중요하게 여기는데, 영국은 체면을 지키는 것 같으면서도 실질적인 이해관계가 개입하면 마치 사전에 합의라도 한 듯이 체면 나부랭이를 던져버린다. 그리고 그렇게 행동한 사람을 아무도 비난하지 않는다. 영국인의 체면과 실용주의를 직접 경험한 것은 그토록 엄격하고 규율을 잘 지키는 합창단에서였다.

12월 초 런던 금융가에 인접한 세인트 바르톨로뮤 더 그레이트 성당에서 크리스마스캐럴 공연이 열렸다. 이 성당은 〈셰익스피어 인러브〉 등 역사적 고증이 필요한 영화의 배경으로 수없이 등장한 곳이다. 우리는 공연을 앞두고 지하실에서 연미복으로 갈아입었는데, 나는 화장실에서 옷을 갈아입고 연습장으로 들어갔다. 그런데 그토록 체면을 중시하고 프라이버시를 노출하지 않는 영국의 신사 숙녀들이 거리낌없이 속옷 바람으로 옷을 갈아입고 있지 않은가!

공공장소에서는 철저히 체면을 지키지만 지금처럼 공연과 축제를 앞둔 분위기에서는 편하고 자연스럽게 행동하는 영국인들을 보자, 이 역시 개인의 자유를 도모하는 방편이라는 생각이 들었다. 그날 캐럴 공연은 합창단 안에서도 열정이 넘쳐났다.

그해 크리스마스는 뉴욕에서 보내고 싶었다. 뉴욕이 그리웠다. 게이코와 친구들에게 전화를 해서 다 함께 크리스마스를 보내자고 했다. 다미안네 식구도 뉴욕으로 온다고 했다. 연말을 앞둔 한겨울, 뉴욕행 비행기를 타면서 감사한 마음이 가슴으로 스며들었다. 비행기가 보스턴 상공을 날아 매사추세츠 케이프코드를 지날 때, 정말 오랜만에 고향으로 돌아가는 기분이 들었다. 먹고 싶었던 뉴욕 음식을 친구들과 나누며 이런저런 이야기도 하고 싶고, 5번가의 크리스마스 장식과 선물 가게들도 보고 싶고, 차이나타운에서 채소와 조개를 사가지고 와서 요리하고, 게이코와 다미안 가족들과 재미있게 크리스마스를 보내고 싶었다.

눈이 내리는 뉴욕 공항에서 나는 자세히 설명할 수 없지만 일종의 자유를 느꼈다. 아무도 남을 간섭하지 않고, 자기가 할 일에 힘쓰고, 그러다가 도와줘야 할 일이 있으면 억척같이 도와주는 뉴요커들. 오랜만에 내 아파트에 들어서니, 마치 어제 런던으로 갔다 온 듯이 친숙하다. 벽에 걸린 그림들, 책상 위의 사진들, 쌓인 책들, 하나하나 소중하고 고맙다.

나는 먼저 싱가포르 친구 밍과 만나 그동안 지낸 이야기를 나눴다. 둘 다 별로 많이 바뀌지 않은 것 같다. 예전에 같이 살던 아파트 앞길을 천천히 걷다보니 지난 시절의 기억이 생생히 되살아났다. 그날 저녁 음식을 이것저것 만들어 친구들을 불러모았다. 게이코는 새로 옮긴 직장 이야기를 들려주었다. 이제 제법 커서 말도 잘하는 다미안의 아들은 내게 장난감을 보여주며 자랑했다.

길들여진 코끼리는 되지 않는다

다시 돌아온 런던. 뉴욕에서 충전해온 에너지를 다 쏟아내야 했다. 새해에 이뤄야 할 목표, 런던과 유럽 대륙에서 새로 생겨난 메가 헤지펀드 회사들을 접촉해서 계약을 성사시킬 방안을 짜내느라 회의가 거듭 이어졌다. 체력이 필요한 장거리 달리기가 또 시작되었다. 하지만 그해 초부터, 내가 생각하는 인생의 방향이 조금 달라졌다. 이제 나이로 보나 인생관에 비춰 보나, 나의 진정한 흥미에 초점을 맞춰야 한다는 생각이 들었다. 그러지 않으면 나이가 들어 정말 후회할 것이라는 마음이 생겼다. 내 인생의 시간에서 나는 어디에 와 있는가? 결국 그해는 공부를 더 하는 것으로 마음을 먹었다.

그즈음 증시가 요동치기 시작했다. 인턴 생활을 할 때 배웠던 파생상품과 주택시장이 결합된 금융위기 관련 뉴스가 자꾸 흘러나왔다. 증시에는 경기에 대한 금융시장의 기대감이 큰 역할을 하는데, 그해 중반부터 증권투자자들의 체감 온도가 확 바뀌었다. 그 무렵 나는 영국 북쪽 뉴캐슬로 여행을 갔다. 로마 황제 하드리아누스가 만든 성벽을 걷고 싶었다. 미국에 있을 때 한국의 IMF 사태를 간접적으로 겪으며 생각했던 리스크Risk 와 크라이시스Crisis 의 관계를, 로마 황제가 외래 야만인의 위험을 막으려 쌓은 성벽을 걸으며 더 생각해보고 싶었다. 리스크를 잘 관리하지 못하면 크라이시스가 되는 것 아닌가? 성벽을 쌓는 외적인 노력과 동시에 내적으로 준비하는 노력도 중요할 것이다.

서브프라임 사태는 은행에서 돈을 빌려줄 때 주의가 요망되는 계층에 자기 주택 마련을 빌미삼아 돈을 대거 대출함으로써 시작된 미국의 2008년 금융위기를 말한다. 이 사태는 리먼브라더스홀딩스가 그 대출을 다시 증권화해서 만든 여러 투자 파생상품의 가격이 연쇄적으로 하락하면서 전 세계의 금융위기가 되었다. 책상 앞에 앉아 매일 고객들의 포트폴리오가 몰락하는 현상을 모니터로 보면서, 증시 하락이 일정 수준에서 멈추기를 기다리는 것밖에 달리 도리가 없었다. 나 역시 은퇴에 대비해 저축해둔 돈이 날마다 큰 단위로 증발해버렸다. 하와이의 주택에 투자한 돈도 걱정이었다. 부동산 마켓은 증시를 따라 움직이는 성격이 있지만 유형자산이어서 세입자만 이사 가지 않으면 큰 문제는 없다. 그러나 세입자 사정 때문에 이사 간 후에 은행에서 빌린 돈의 이자만큼 월세가 나오지 않으면 큰 문제가 될 수도 있다.

리먼 사태를 다룬 뉴스가 날마다 보도되었고, 세계경제공황이 일어날 가능성까지 걱정해야 할 지경이었다. 1929년에 증시가 몰락하면서 이후 10년 넘게 미국 경제를 꽁꽁 묶어놓은 대공황과 비견되기도 했다. 모든 경제학자가 사태의 추이를 부정적으로 보았으나, 해법을 내놓는 사람은 적었다.

나는 이 사태 속에서 시각의 초점을 내 자신에게로 돌렸다. 사회제도와 주어진 책임에 묶여 있으면 내가 진정으로 원하는 것을 깨닫지 못한 채 시간만 흘러간다. 어쩌면 지금까지 해온 금융업을 떠나 이제 학문에 도전할 기회가 온 것이 아닐까? 앞으로 공부를 시작한다면 얼마나 돈이 들지, 또 진로를 어떻게 정할지 따져보았다. 학교로 돌아가는 것은 앞날을 위해서도 좋은 생각으로 보였다. 경기가 풀리기 시작하면 내가 가르칠 수 있는 시간도 올 것이 아닌가?

예전에 읽은 인도의 옛이야기가 떠올랐다. 어려서부터 큰 나무에 사슬로 묶여 길들여진 코끼리는, 다 자란 후에도 그 사슬에 묶인 채 아무 데도 갈 생각을 못 하고 주인이 오기만 기다린다. 그 코끼리는 자기가 나무를 통째로 뽑을 만큼 힘이 세다는 것을 모르고 평생을 살아간다. 나는 그런 코끼리로 살고 싶지 않았다. 마음을 다잡고 회사의 감원 계획이 발표되는 10월을 기다렸다.

그해 10월 10일이었을 것이다. 감원 계획이 발표되었고, 여러 조건이 있었지만, 나는 자진해서 손을 들었다. 그리고 기쁜 마음으로 회사를 떠날 준비를 했다. 모두 어리둥절하여 축하해야 할지 슬퍼해야할지 갈피를 못 잡는 분위기였다. 그날 한 동료가 찾아와 저녁을 같이하자고 했다. 평소 거리를 두고 지내온 영국인이었다. 부유한 집안출신으로 옥스퍼드 출신이라는 이야기도 들렸다. 그가 건넨 종이에는 만날 장소가 적혀 있었다. 편안한 마음으로 약속 장소로 갔더니사람들이 말하는 프라이빗 클럽이었다. 세인트 제임스파크 인근에서 가장 고급스러운 빌딩에는 검은 실크 모자를 쓰고 긴 코트를 입은 도어맨들이 아무 사람이나 못 들어오도록 지키고 있었다. 넥타이를 맨 정장 차림으로 빌딩에 들어가 콩시에르주 Concierge (수위)에게 나를 초청한 동료의 성을 말하자, "예스, 서 Yes, sir"라며 2층의 프라이빗 룸으로 안내한다. 벽지와 카펫이 모두 진하고 고급스러운 붉은색이다. 벽에는 유명 인사의 초상화가 걸려 있고, 커튼으로 가려진 1층 로비 바에서 간간이 웃음소리가 들린다.

"헬로."

평소의 모습과 달리 따뜻하게 나를 맞이하는 동료가 딴사람처럼보였다. 날씨 이야기로 시작된 우리의 대화는 저녁 식사가 이어지면서 영국 역사, 프랑스 문화에 대한 영국인의 생각, 독일 철학에 대한 동경 등으로 뻗어나갔다. 나는 궁금하게 여기던 이야기를 꺼내고야 말았다.

"외국인은 왜 영국인과 친구 되기가 거의 불가능할까요?"

그는 크게 웃더니 되물었다.

"내가 왜 당신과 친구가 되어야만 합니까?"

맞는 말이었다. 영국인다운 말솜씨였다. 그는 말을 이어나갔다.

"내 친구들은 보딩스쿨부터 대학교까지 같이 다니며 30년, 40년 넘게 같이 성장해온 사람들입니다. 뿐만 아니라 같은 클럽에서 친교를 다졌기 때문에 사귀는 데 피곤하지 않지요. 그런데…… 아세요? 그렇다고 해서 모두가 친구 사이는 아닙니다. 겉으로는 친구처럼 보여도 늘 경쟁심이 있기 때문에 신뢰하는 사람과 우의를 지켜나가는 것이 더욱 필요하지요."

나는 영국인 친구를 못 사귀는 것이 내 잘못이라고 생각했으나 그 생각이 틀렸음을 알게 되었다. 영국인 동료는 이런 현상이 한국에도 있지 않느냐고 물었다. 하긴, 엘리트 코스를 밟은 일부 한국인도 굳이 생활환경이 다른 사람을 이해하면서까지 친구가 되기를 원하지는 않는다. 더군다나 입헌군주제를 고수하는 영국은 엘리트들이 경제, 문화, 교육 등 모든 면에서 자기 영역을 지키고 특권을 놓치지 않으려는 경향이 더욱 강한 것 같다. 나는 영국인 동료와 이야기를 나누면서 엘리트 사회의 보수성을 더 깊이 이해하게 되었다.

나는 금융계에서 일하는 동안 삶과 돈의 관계, 사회의 역할에 깊은 관심을 갖게 되었다. 이제 내 의문점을 좀 더 근원적으로 탐구하고 싶었다. 그래서 대학원 석사과정부터 공부하기로 마음먹었다. 구체적으로 무엇을 공부할지 찾아보다가 자본주의 사회가 형성되는 과정과 그 후 일어난 사회병리를 연구하는 쪽으로 방향을 잡았다. 그 분야라면 런던정경대학교LSE: London School of Economics and Political Science가 제격이었다.

런던정경대 대학원을 둘러보고, 입학원서를 가져와 에세이를 쓰기 시작했다. 글을 써본 지 10년도 더 되어서, 공부하고자 하는 이유, 이루고자 하는 목표를 정확히 쓰는 것이 상당히 어려웠다. 최근에 공부한 미술사를 바탕으로 써나갔다. 시대별 미술에 나타난 사회적 의미와, 근대화가 예술에 미친 영향에 대해 썼고, 나중에는 서양과 동양의 근대화를 비교했다. 과학 기술이 발달한 서양은 동양보다 먼저 군사와 공업의 근대화를 이루었고, 동양은 전통 사상에 집중하느라 실질적인 변화를 받아들이는 데 뒤졌다. 책상 앞에 몇 시간을 앉아 글을 쓰고 있자니 금방 허리와 엉덩이가 아팠다. 이렇게 글 쓰는 능력과 인내심이 부족하다면, 앞으로 공부를 제대로 할 수 있을까 싶었다. 하지만 나 자신에게 관대하고 응원을 해줘야 한다는 사실을 잘 알기에, 너무 서두르지 말자고 스스로를 달랬다.

그해 영국 바로크 합창단의 캐럴은 비가 세차게 쏟아지는 추운 날, 호니먼 박물관 정원에서 울려 퍼졌다. 런던 남동쪽에 있는 호니먼 박물관은 영국의 식민지배가 절정에 이르렀을 때 세계 곳곳에서 수집해온 인류학적 유산과 악기 자료로 가득 찬 곳이다. 합창단원들은 처마가 있는 파빌리온에서 노래를 불렀고 밖에서는 할아버지, 할머니, 아이들이 비닐 판초를 입고 비를 맞으며 끝까지 노래를 따라 불렀다. 궂은 날씨를 마다하지 않고 그 시간을 즐기는 영국인들의 모습이 아름다웠다.

공부를 본격적으로 시작하기 전에 세계 여행을 하고 싶었다. 12월 31일 자정에 런던을 떠나 남아메리카로 가는 계획을 세웠다. 이번에는 페루의 마추픽추를 돌아볼 것이다. 그런 다음 뉴욕에 갔다가 하와이에 들른 뒤 한국을 포함한 동아시아를 여행하고, 인도와 중동과 이스라엘을 거쳐 런던으로 돌아와야지. 여행 중 계속 써서 보내야 할 입학원서와 참고 서적을 챙겨 넣고, 돈을 환전하고, 응급의료품을 준비했다.

돈보다 시간을 선택한 나는, 노마디스트

1월 1일 부에노스아이레스에 도착하니, 다미안의 부모가 기다리고 있다. 지난주까지 추위에 떨며 크리스마스 캐럴을 불렀는데, 지금 이곳은 한여름이다. 그리웠던 사람들을 다시 만나고, 이야기하고, 먹고 마셨다. 모두 내가 학교로 돌아가는 것에 축하를 아끼지 않았다.

거기서 며칠을 쉬고 페루의 수도 리마로 갔다. 중국계, 일본계 사람들이 눈에 많이 띄었다. 20세기 초 신대륙에 필요한 노동력 때문에 건너온 사람들의 후손이다. 조선은 그때 왜 이민을 막았고 외국의 개항 요구에 죽음으로 대항했을까? 쇄국만이 살길이라고 믿었기 때문일 것이다. 나는 살기 위해 이국 타지로 온 사람들이 참 가깝게 느껴졌다. 그들의 이민사와 현지에서 겪은 편견, 차별도 앞으로 공부하고 싶었다.

마추픽추를 가기 전에 꼭 들러야 하는 잉카 문명의 도시, 쿠스코는 해발 3,400미터에 이르는 정말로 숨가쁜 도시였다. 도착한 날 나는 큰 실수를 했다. 도착한 기쁨에 마음 놓고 피스코Pisco라는 현지 술을 마셨더니 저녁에 잠을 이루지 못할 정도로 심한 두통이 왔다. 고지대의 산소 부족에 적응하지 않은 상태에서 갑자기 술을 마신 결과였다. 급기야 호텔의 산소마스크에 의존해 며칠을 쉬다가 마추픽추로 향했다.

구름에 둘러싸인 산봉우리에 위치한 고대 잉카 문명의 요새는 1911년 미국 학자 히람 빙엄Hiram Bingham이 원주민 소년의 증언을 토대로 발견하기 전까지는 잊힌 문화였다. 거의 2,500미터나 되는 높은 산봉우리에 어떻게 이런 문명을 건설했을까? 고대 문명의 흔적을 마주하면 겸허해진다. 그 시대 사람들도 특정 계급은 부와 사치를 누렸을 것이고, 자기 삶을 고뇌하고, 미래를 걱정했을 것이다. 지금 우리가 겪는 것 못지않다.

마을로 내려와 현지인들이 가는 온천에 갔다. 입장료를 내려고 카운터에서 사람을 찾아도 텔레비전 소리밖에 들리지 않는다. 가만 들어보니 귀에 익은 한국말이 들린다. 매표소 직원이 드라마 〈대장금〉

에 빠져 손님이 왔는지도 모른다. 영국 출신의 인문학자 데이비드 하비David Harvey는 시간과 공간의 압축으로 소위 글로벌화가 도래한다고 했는데, 그 말이 현실로 와 닿았다. 따뜻한 온천에 잉카 후손인 페루 사람들과 같이 몸을 담그니 나도 잉카인이 된 듯하다.

쿠스코로 돌아온 나는 고산 기차를 타고 남아메리카에서 가장 큰 호수 티티카카로 갔다. 아침 일찍 호수의 섬들을 둘러보러 배에 오르니, 기차 안에서 만났던 프랑스인 부부가 웃으며 인사한다. 페루와 볼리비아의 접경 지대에 있는 티티카카 호수는 깊고, 잔잔하고, 아주 맑으며, 바다같이 넓었다. 면적이 8,135제곱킬로미터로 바다처럼 넓게 느껴지는 티티카카 호수에는 짚으로 만든 떠다니는 섬에서 사는 원주민도 있다. 이 세상에는 내가 상상도 못 하는 생활양식이 많다는 걸 느꼈다. 그 섬 위를 걸으면 어떤 곳은 물이 올라와 다소 위험한 느낌도 들었으나, 가게도 있고, 화장실도 갖춰 엄연한 생활공간이었다.

오후에 배의 갑판에서 프랑스 부부와 이야기하고 있는데, 바람이 불기 시작했다. 그러더니 비가 오고, 바람이 더욱 세차게 불어 배가 요동쳤다. 승객이 모두 자리로 돌아와 앉았고, 선장은 항구로 돌아가려고 방향을 틀었으나, 파도가 높아 배가 제대로 움직이지를 못했다. 급기야 창문으로 높은 파도의 물이 들어오기 시작했고 승객들은 비명을 질렀다. 파도가 심하게 칠 때마다 선장이 배의 방향을 바꾸는 모습을 보니 손에 땀이 밴다. 나는 구명조끼를 입고 갑판으로 나갔다. 그리고 쇠로 된 난간을 단단히 잡고 앉아 짚으로 만든 섬 중 가장 가까운 곳을 눈여겨보았다. 만약 배가 뒤집힌다면 저기까지 헤엄쳐 갈 수 있을까? 할 수 있다는 확신이 들며 마음의 동요가 조금씩 가라앉았다. 만약 살아서 돌아간다면 내가 하고 싶은 일을 꼭 하며 살 것이다. 한 시간이 어떻게 흘러갔는지 모른다. 바람과 비가 잦아들더니 거짓말같이 그쳤고, 지친 승객들은 모두 잠이 들었다. 나중에 들은 이야기인데, 티티카카 호수에서는 한 해에 몇 번씩은 배가 뒤집힌다고 한다.

페루에서 뉴욕으로 날아와 대학원 입학원서와 에세이를 정리해서 보내고, 하와이로 떠났다. 전에 부동산을 소개해준 중개인은 내게는 고모 같은 분이다. 이번에도 공항에 나와, 향기로운 하와이 꽃으로 만든 화환을 목에 걸어준다. 태평양 한가운데 있는 하와이는 아시아로 가기 전에 꼭 들르는 내 여행의 기착지가 되었다. 부동산 중개인은 내 아파트로 가지 말고 자기 집에서 가족과 함께 지내자고 한다. 가족이란 게 따로 없다. 친구이고, 지인이며, 마음이 맞고, 말벗이 되고, 같이 밥 먹고 소화가 잘 되면 가족이다. 가끔씩 카르마를 생각해본다. 게이코는 자기가 태어난 카르마의 '숙제'가 가족이라고 했다. 내 숙제도 할 일이 많다. 이번에는 그 하와이 가족과 같이 다이아몬드헤드Diamond Head 보다 좀 더 떨어진 코코헤드Koko Head 로 등산을 갔다. 김밥과 과일을 챙겨 노래를 부르며 산에 오르니 밑으로 태평양의 파도가 거세게 몰아친다. 종종 서퍼들이 저 파도에 휩싸여서 죽는다고 누군가 말했다. 자기가 좋아하는 일을 하다가 죽으면 아쉬운 게 없겠지만, 남은 가족은 참 슬프겠다는 생각이 들었다. 그게 가족의 숙제일 것이다.

그렇게 하와이에서 지내고 도쿄로 날아갔다. 오랜만에 만난 친구들이 반겨준다. 자주 출장 온 곳이지만 여행자가 되어 편한 마음으로 오니 볼 것이 더 많다. 재일 한국인이 경영하는 불고기집에 가서 일본 친구들과 숯불에 고기를 구웠다. 이렇게 소주를 마시며 편안하게 이야기하는 것도, 돈보다 시간을 선택한 내 결정이 부여하는 혜택인 듯했다. 호텔 대신 친구 집에서 자고, 아침 일찍 일어나 츠키지 수산시장에 아침밥을 먹으러 가니, 새벽 여섯 시인데도 유명한 식당 앞에는 기다리는 줄이 길었다. 시장터에서 요리사가 직접 말아주는 생선초밥과 금방 끓인 조개 미소국을 맛보니, 전에 출장 올 때마다 묵었던 데이코쿠 호텔의 값비싼 조식보다 더 깊은 맛이 있다. 이모가 돌아가시기 전에 같이 놀러 갔던 공원에도 들렀다. 그리운 사람들 언젠가는 모두 떠나가리라. 지금 이 순간 웃고, 사랑하고, 갈 때는 미련 없이 보내야 할 텐데……. 친구들의 아이들도 커간다. 옛날 내 뉴욕 아파트에 놀러 왔던 친구의 딸 엘레나는 그때 한 살이 채 안 되었는데 이제 학교에 다니기 시작했고, 프랑스에서 특별 전시회를 준비하던 미술관 관장님도 이제 퇴임 이야기를 꺼낸다. 친구들 모두 내가 앞으로 공부하려는 계획을 듣고 격려해주었다.

한국은 음력설에 맞춰 방문했다. 예나 지금이나 명절은 역시 스트레스다. 서양에서도 크리스마스 때 꼭 집안싸움이 난다. 왜 그런지 곰곰이 생각해보았다. 가족들이 나한테 바라는 것과, 내가 그들에게 바라는 것이 일치하지 않거나 절충점을 찾지 못하고 맴돌 때, 화산 폭발과도 같은 의견 충돌이 일어난다. 아주 뜨거운 공기와 아주 차가운 공기는 서로 만나지 않아야 폭풍으로 커지지 않는다. 미리 주의해서 입조심을 해야 하지만, 명절에 모여 술이 한두 잔 들어가면 말이 그냥 나오는 듯하다. 동생과 일출이나 보려고 강릉 경포대로 갔다. 마음이 조금은 편안해진다. 회를 먹고 컴컴해진 겨울 바닷가를 거니는데, 비닐 천막 안에 안경 쓴 아저씨가 강아지 한 마리를 옆에 앉혀놓고 '점'을 봐주고 있다. 별생각 없이 들어가 생년월일을 말했다.

"올해부터는 하던 일 다 그만두셔야겠는데요."

"예? 아니, 왜 그렇지요?"

"앞으로 몇 년 동안은 얌전히 책상에 앉아 책만 읽을 운세입니다."

정신이 번쩍 들었다.

그렇게 한국에서 지내다 며칠 뒤 방콕을 거쳐 인도 뭄바이로 갔다. 새벽에 도착해 호텔에서 좀 자고 난 뒤, 근처 거리를 둘러보았다. 인도와 영국의 관계는 상당히 오랫동안 얽히고설켜, 런던에서 만난 인도인 2, 3세는 영국인보다도 더 영국인 같은 행동과 언어를 구사한다. 영국은 인도를 포기하지 않으려 해서 2차 세계대전이 끝날 때까지 인도의 독립을 미루었다. 인도는 어렵사리 독립했으나 종교 분쟁으로 격심한 내전을 겪었고 그 결과 파키스탄이 분리되었다.

  뭄바이의 거리를 지나다 시장에서 다리 묶인 오리 두 마리를 보았다. 두 녀석은 언제 목숨이 다할지 모르는데 티격태격 싸우고 있었다. 인도의 옛이야기가 생각났다. 밭에 들어오는 수로를 두고 두 농부가 서로 자기 것이라며 싸우고 있는데, 갑자기 폭우가 쏟아졌다. 이제까지 싸운 것이 헛수고였다.

  인도를 떠나 요르단으로 갈 때는 밤새도록 비행기가 흔들려 잠을 이루지 못했다. 수도 암만에 도착하니 사막의 열기가 훅 끼쳐와 벌써 지친다. 그러나 공항에서 한 시간 남짓 걸려 도착한 사해Dead Sea는 멋졌다. 사해 건너편은 이스라엘. 옷을 벗고 바다로 뛰어드니 염분이 높은 물에 몸이 둥둥 뜬다. 물이 미끌미끌해서 기분이 묘하다. 바닷가에 쌓아올린 진흙으로 온몸을 마사지하고 후끈후끈한 저녁 바람을 맞으니, 이런 삶을 선택한 것이 다행으로 느껴진다. 희귀한 요르단산 포도주를 마시며(무슬림 나라들은 호텔 안에서만 술 마시는 것을 허용한다) 인생에는 볼 것도 많고 할 일도 많다는 것을 실감한다.

다음 날은 성서에 나오는 여러 지역을 방문하고, 십자군 전쟁 때 영국 왕들이 빼앗은 요새도 둘러보았다. 사막 한가운데 우뚝 선 분홍빛 페트라를 보았을 때는 정말 경이로웠다. 거대한 붉은 바위 틈새에 저렇게 치밀한 도시를 건설하다니. 그것도 기원전 7세기에서 기원전 2세기 사이에! 행복을 갈망하고 추구하는 인간의 성향은 바뀌지 않은 것 같다. 이런 도시를 세우기까지 얼마나 많은 노력과 인내가 필요했을까!

저녁에는 페트라 부근 호텔에서 스페인 단체 관광객과 합류해 같이 저녁을 먹었다. 과연 스페인 사람들은 다른 서유럽 사람들과 비교할 때 외국인에게 마음을 더 쉽게 여는 것 같다. 미국인과는 10분쯤 이야기를 나누면 집안 내력을 다 알 수 있는데, 유럽인 중에서는 스페인 사람들이 가장 속도가 빨라 20분쯤 걸린다. 저녁 식사 후, 스페인 여행객들과 걸어서 하맘Hamam이라고 하는 전통 목욕탕으로 갔다. 목욕 풍습은 그 나라의 문화를 말해주는 것 같다. 예정에 없던 스페인 친구들을 만나 페트라의 사막 한가운데서 같이 사우나를 하는 것이 신기하고 고맙게 느껴졌다.

이튿날 날이 뜨거워지기 전에 이스라엘행 비행기를 타고 텔아비브로 날아갔다. 아랍인과 유대인의 영토 분쟁으로 얼마 전까지도 양쪽을 오가는 직항로가 없었으나, 이제 요르단 항공이 직항편을 운행하고 있다. 총을 멘 이스라엘 군인들이 보이고, 경비도 삼엄하다. 나는 곧장 예루살렘으로 향했다. 예루살렘의 옛 성에는 살아 있는 역사가 깃들어 있었다. 돌로 쌓은 벽은 종교마다 영역이 있어 여기는 유대인들이 사는 곳, 저기는 아랍인 지역, 또 건너편은 기독교 지역이다. 예수가 십자가를 지고 가다가 쓰러졌다는 돌로 만든 계단에서 2000년 전 예수의 고난의 길을 상상해보았다. 사람에게 전생이 있다면 그 옛날 내가 로마의 병사였을 수도 있고, 머리를 풀어 예수가 밟고 지나가게 한 막달레나였을 수도 있다. 이스라엘을 떠나기 전날에는 겟세마네 언덕에 올랐다. 올리브나무가 심어져 있는 정원에 앉아 고뇌로 가득 찼던 예수를 상상해보았다.

이제는 '집'으로 돌아가고 싶었다. 누구는 외투와 모자를 벗어 걸어놓은 곳이 바로 집이라고 했는데, 그때 나에게는 런던이 집이었다. 2009년 8월, 비행기가 히드로 공항의 활주로로 미끄러져 내려왔다.

공부하는 노마디스트

여름을 맞은 런던에는 꽃이 한창이었다. 집에 도착하자마자 우편물부터 살펴보았다. 런던정경대 대학원에서 합격 통지서가 날아와 있었다. 입학하기까지 몇 달 안에 읽어야 할 책 목록이 끔찍하게 길었다. 이제 학생의 자세로 탈바꿈해야 할 시간이었다.

나와 같이 공부할 젊고 활기찬 석사과정 학생들. 나는 과연 그들과 동등한 친구 관계를 이뤄나갈 수 있을까? 연구 방향을 어떻게 잡을지도 과제였다. 나는 근대화 과정에서 소외된 여성의 역할과 가부장제의 경제적 관계를 공부해보고 싶었다. 국가가 개인을 권력으로 압제하거나, 관습 체계와 교육으로 통제하며 발생한 정치적, 문화적 갈등도 깊이 연구해보고 싶었다. 또한 사회 구조에서 이탈하지 않고

자 하는 인간의 사회적 심리의 배경도 분석하고 싶었다. 그 여름을 나는 필수 독서 목록에 적힌 책들을 읽으며 보냈다.

9월, 드디어 학기가 시작되었다. 영국의 강의 시스템이 미국과 얼마나 다른지 금방 알 수 있었다. 학생이 스스로 찾아 공부하고, 클래스메이트와 토의해 발표하고, 에세이를 독창적으로 써야 한다. 15년 전 경영학 석사과정을 다닐 때처럼 바쁜 나날이 시작되었다. 몸은 바빴지만 무언가를 알아가는 것은 신이 났다. 주말마다 클래스메이트들과 모여 토론회를 했는데, 아주 똑똑한 생각을 가진 젊은이들이 많았다. 젊은이들보다 내가 나은 점은 그동안 쌓은 경험으로 현실을 더 넓게 분석할 수 있다는 점이었다. 또 내가 줄곧 궁금하게 여기던 사회현상을 근대화라는 역사의 흐름에서 찾아보고자 자발적으로 연구를 시작한 것도 큰 강점이었다. 정해진 경로를 따르는 게 아니라 자유로이 토론하면서 새로운 발견에 이르는 것이 아주 중요했다. 결론을 함부로 내리기보다는 여러 가능성을 열어두고 토론하는 습관이 길러졌다.

시간이 화살처럼 날아갔다. 영국 특유의 매서운 추위와 습기가 합세해 뼛속까지 스며들었다. 도서관은 언제나 학생들로 꽉 찼다. 유럽 대륙에서 온 친구도 몇 사귀었다. 어릴 적에 한국에서 미국으로 입양된 학생도 있었는데, 내가 한국인이라는 것을 알고 처음에는 거리를 두는 것 같았다. 나중에 같이 토론하며 한국에 대한 생각을 이야기하고 친부모를 찾아보고 싶다고 말했다. 나는 그 친구가 나중에 한국을 방문하면 도와주겠다고 했다. 이탈리아에서 온 여학생도 있었다. 매우 똑똑한 그 여학생은 배우 소피아 로렌의 젊은 시절 모습을 빼닮았다(훗날 이탈리아를 방문해 그녀의 집에 가보니, 어머니와 두 여동생도 그녀처럼 미인이었다). 나는 자주 집에서 음식을 만들어 클래스메이트들을 초대했다. 돈을 아끼며 생활해야 하는 그들에게 편안하고 즐거운 토론 자리를 마련해주고 싶었다.

일본 근대화를 다룬 학위 논문을 제출하면서 2년의 석사과정도 마무리되었다. 나는 박사과정을 준비하면서 세계에서 중요성이 커져가는 중국에 주목했다. 중국의 근대화와 함께 동아시아의 근대화를 연구하고 싶었다. 런던 킹스칼리지 중국연구소에는 중국 역사학의 전문가가 있다. 나는 그곳에서 박사과정을 이수하기로 마음먹었다.

취업하려는 학생들은 직장을 구하느라 정신이 없고, 나는 런던 킹스칼리지에 제출할 연구 계획서와 논문 주제를 쓰느라 정신이 없었다. 연구 계획서를 쓰는 데 도움을 얻고자 중국과 타이완을 돌아보고 오기로 했다.

7월, 베이징의 여름은 동남아시아보다도 무더운 듯했다. 가끔씩 폭우까지 쏟아지면 무서우리만큼 물에 잠기는 지역도 많았다. 이번 여행에서는 베이징 사람들의 특징을 많이 접했다. 그들은 키가 크고 목소리가 높으며, 베이징 사람이라는 자긍심이 대단했다. 러시아워에 쏟아져 나오는 인파를 보면 그 기운이 어찌나 드센지 무섭기까지 했다.

이어 방문한 상하이는 베이징과 분위기가 많이 달랐다. 1842년 청나라는 영국과 아편전쟁을 끝내며 난징조약을 맺었는데, 상하이는 그 조약에 따라 개항한 역사가 있다. 그래서인지 상하이 사람들은 외국 문물에 민감하고, 정치보다는 경제에 촉각을 곤두세운다. 중심가에 들어찬 거대한 쇼핑센터와 화랑, 음식점들은 중국이 세계에서 두 번째로 손꼽히는 경제 대국임을 실감케 했다.

상하이에 이어 방문한 타이완도 인상적이었다. 1949년 중국국민당이 공산군에 패하며 타이완에 중화민국 정부를 이전한 후로, 타이완은 60년대와 70년대에 높은 경제 성장률을 기록했다. 1970년대 이후로는 국내 정치의 변화도 겪었으나, 대륙계 중국인과 현지 원주민은 잘 화합하며 사는 것 같았다. 도서관과 서점을 돌며 역사 서적 순례를 했다. 음식이 입에 맞고 분위기가 편안하여 앞으로 타이완에 살며 가르쳐볼까 하는 상상도 해보았다.

런던으로 돌아와 논문에 돌입했다. 처음에는 중국의 정신적 배경인 유교가 중국의 근대화를 늦춘 영향에 초점을 맞췄다. 서양의 과학 기술이 유입되면서 생긴 갈등, 영국이 철저하게 자국의 이익을 노리며 만든 정책, 중국차 수입 확대가 불러온 영국의 무역 적자, 그리고 아편전쟁에 이르는 서론을 쓰면서, 한국과 일본의 역사까지 고찰했다. 동북아시아에서는 사농공상土農工商의 위계질서를 고수하는 유교적 계급 구조와 충효사상의 강요로 개인의 독창적인 자아개발을 억압했다. 특히 여성은 이중적인 억압에 시달렸는데, 이 모든 것은 근대화에 큰 걸림돌이 되었다. 중국의 유명한 사상가 옌푸嚴復에 따르면, 이런 유교식 사회제도 아래에서 중국인은 말이 없고, 복종하며, 궁극적으로 바보가 된다고 했다. 나는 그 의견에 공감했다. 나는 프랑스 철학자 미셸 푸코의 저작에도 심취했는데, 푸코의 이론에 입각해 중국 역사를 분석하려는 시도까지 했다. 이런 방법론은 역사학에서는 금물인 것을 까맣게 잊어버리고.

타인의 의견을 수렴하고 절충하는 태도를 몸에 익히는 것은 쉬운 일이 아니다. 학회에서 논문을 발표하면 내 주장을 지지하는 사람과 이견을 제기하는 사람 사이에서, 나 자신의 독창적인 생각을 발전시켜야 한다. 지도 교수와 의견이 맞설 때도 있다. 이때는 내 문제의식을 어떻게 조정해 애초에 생각한 방향을 잃지 않고 연구를 진전시킬 것인가, 이미 발표된 무수한 이론을 어느 역사적 사건에 어떻게 응용할 것인가 등이 문제가 된다. 이처럼 학문 연구의 세계로 들어오니 내가 새롭게 단련시켜야 할 것이 한두 가지가 아니었다. 가끔씩 헤드헌터들로부터 연락이 와서 투자은행 쪽으로 돌아올 의향이 없느냐고 물을 때는 얼마간 마음이 동요하기도 했다. 그러나 내 마음은 이미 굳어졌다. 이제는 공항을 통과할 때마다 직업을 쓰는 칸에 '학생'이라고 쓰는 게 버릇이 되었다. 나이가 들어 무엇 하러 힘들게 공부하냐고 머리를 갸웃하는 사람도 있지만, 그건 그들이 상관할 바가 아니다. 주위에서 뭐라고 하건 간에 내 목표를 꿋꿋이 추구하는 것이 자유 의지의 실현이라고 믿었다.

2013년 독일 베를린에서 열린 학회에 참가해 진행 중인 논문의 한 주제를 발표했다. 유교가 중국 근대화에 어떤 영향을 끼쳤는지 농업과 농경사회를 중심으로 설명하는 내 논문은 예상보다 더 큰 관심을 모았다. 한국학회도 둘러보았는데, 한국사 연구도 놀랄 만큼 활발히 진행되고 있었다. 한국학을 전공하는 독일 교수들과 점심을 먹으며 대화해보니, 근대의 한국을 나보다 더 잘 아는 것 같았다.

거의 20년 만에 방문한 베를린은 놀랄 만큼 바뀌었다. 베를린장벽에 있던 검문소 체크포인트 찰리Checkpoint Charlie 주변도 알아보지 못할 만큼 바뀌었고, 옛 동독의 중심이었던 알렉산더 광장이 지금은 호화 백화점과 보헤미안풍 예술가들의 집합소로 바뀌어 있었다. 베를린에 사는 고등학교 동창과 만나 미술관과 공원을 산책했다. 친구는 내가 학생으로 돌아갔다는 말을 듣고 깜짝 놀랐다. 예측할 수 없는 내 행동방식을 잘 아는 그는 많은 설명을 하지 않아도 내 결정을 존중했고, 둘 사이에 주고받는 술은 잘도 넘어갔다. 역시 오래된 친구가 좋은가보다.

런던으로 돌아와 논문의 다음 장을 써나갔다. 다음 장 주제는 중국이 청일전쟁에서 지고 근대 국가로 향하는 여러 개혁 운동이 실패로 돌아간 뒤 일어난 민족주의 운동에 관한 연구였다. 캉유웨이康有爲 와 량치차오梁啓超 가 주도하는 입헌군주파와 쑨원이 이끄는 혁명파가 대립하던 시기에 초점을 맞춘다. 당시에 서구 사회에서는 찰스 다윈의 진화론을 사회적으로 해석한 사회진화론이 급속히 인기를 얻어, 스스로를 우월하게 여긴 영국인이 중국인을 열등하다고 간주하며 신대륙에 필요한 노동력으로 대거 동원했다. 그런 자료를 읽자 다윈이 비글호를 타고 탐험한 갈라파고스 제도를 내 눈으로 보고 싶었다.

1년에 6개월씩 지구의
남반구와 북반구를 오가며 살리라

어느 날 아르헨티나의 둘시한테서 연락이 왔다. 엄마 디나가 많이 아프다는 것이었다. 연세가 많은데다 지병이 있어 늘 조심하며 생활해온 터라 마음이 무거웠다. 어떻게 할까 망설이다가, 쓰던 논문과 책을 다 가지고 남미로 가기로 했다. 먼저 아르헨티나로 가서 디나를 병문안하고, 에콰도르로 넘어가 갈라파고스 제도를 보고 오기로 마음먹었다.

공항에 내려 곧장 디나의 집으로 향했다. 둘시는 어머니를 기쁘게 해주려고 내가 온다는 소식을 미리 알리지 않았다. 나를 보고 반가워 꼬리를 흔들며 짖는 골든 리트리버 '카밀라'를 다독이고 디나 방으로 들어가니, 디나가 무척 반가워하며 겸연쩍게 웃는다. 숨 쉬는 것까지 곤란하다는 디나는 굳이 일어나 내게 점심을 만들어준다. 그날이 내 생일인 것을 안 것이다. 디나는 이탈리아식 뇨키를 손수 빚어 만들고는 내가 먹는 모습을 보며 기뻐했다. 항상 같이 마시던 말벡 포도주도 한잔 따라주었다.

나는 둘시와 이야기를 나누었다. 앞으로 어떻게 어머니를 돌보며, 미술학원을 운영할 계획인지 물었다. 둘시는 나더러 박사과정을 마치면 아르헨티나에 와서 가르치라고 권했다. 나는 고려해보겠다고 말하고, 그날 저녁에는 내가 요리하겠다고 했다. 차이나타운에 장을 보러 갔다. 세계 어디나 그렇듯이 아르헨티나에도 중국인이 눈에 띄게 많아졌다. 그 바람에 내가 사야 하는 아시아 식재료도 구하기 쉬워졌다. 그날 저녁 메뉴는 조갯살을 넣은 파전, 새우 소스를 끼얹은 만두 탕수, 한국식 불고기였다. 둘시는 손수 생일 케이크를 구웠다. 이제는 말도 곧잘 하는, 둘시와 다미안의 두 아이가 케이크를 들고 오며 생일 축하 노래를 부른다. 행복했다. 이것이 내 집이요, 내 가족이구나!

둘시는 내 생일 선물로 다 함께 배를 타고 옆 나라 우루과이로 놀러 갈 계획을 짜놓았다고 했다. 이튿날 부에노스아이레스의 라플라타 강을 건너 대서양과 합류하는 지역에 있는 수도 몬테비데오에 도착하니, 한글 간판을 내건 한국 식당이 눈에 크게 들어온다. 허기진 참에 들어가니, 부산에서 건너왔다는 부부가 반겨준다. 아르헨티나

식구들과 생선찜과 된장찌개를 맛있게 먹고 호텔로 향했다. 나는 그 길로 몬테비데오 대학도 둘러보았다. 박사과정을 마친 뒤의 계획을 그려보고 싶었다. 부에노스아이레스에서 살며 한 학기씩 몬테비데오에서 가르치는 것도 좋은 생각이었다. 이제는 남미 어디에나 한국인 이민자가 많이 살고 있어서, 원할 때마다 한국 음식을 먹을 수 있다는 것도 장점이다.

만약 여기서 가르치는 일이 가능하다면, 1년에 6개월씩 지구의 남반구와 북반구를 오가며 내가 좋아하는 가을, 겨울을 계속해서 즐길 수 있으리라.

아르헨티나 식구들이랑 재미있게 지내고 있던 어느 하루, 다미안이 내가 더 이상은 호텔에 묵지 말고 그녀의 식구들과 함께 지냈으면 한다고 했다. 난 혼자 생활하는 습성에 익숙해서 처음에는 사양했다. 남미의 가족 생활방식은 한국이랑도 어느 정도는 비슷해서, 개인의 공간이 그다지 중요하게 여겨지지 않는 가족 공동체 문화이다. 특히, 화장실을 다른 사람들과 나눠 써야 하는 불안감 때문에, 나는 다미안의 제의를 거절했다. 그러자 나를 잘 아는 둘시가 독립적으로 사용 가능한 화장실이 있고 깔끔한 베드가 있는 방을 보여주었다. 나는 기꺼이 받아들였고, 그 방을 아직도 '나의 방'으로 쓰고 있다.

아르헨티나를 떠나기 전날, 디나에게 완쾌를 기원하면서 그녀가 제일 좋아하는 선물을 둘시 몰래 건네주었다. 담배였다. 나도 그 결정을 내리기까지 시간이 꽤 걸렸다. 폐가 나빠져 의사와 가족 모두 담배 피우는 것을 말렸지만, 얼마 남지 않은 생에서 하루 몇 번씩 자기가 정말 좋아하는 담배를 맛본다면 그것도 행복하게 사는 방법이라고 생각했다. 그러나 그 담배가 마지막 선물이 될 줄은 몰랐다. 이듬해 초, 디나는 조용히 행복하게 세상을 떠났다.

아르헨티나에서 칠레로 넘어가 수도 산티아고에 있는 대학들을 둘러보며, 거기서 가르치는 미래도 상상해보았다. 대학생들이 많이 사는 현대식 아파트 지역에는 중국 유학생들이 많이 보였다. 그 뒤에 도착한 에콰도르는 적도 가운데 위치하여 날씨가 무더웠다. 최근에 관광객을 상대로 한 범죄가 증가하고 있다고 해서 밤길을 피해 구경 다녔다. 호텔 옆에는 중국 이민자가 운영하는 식당이 하나 있었다. 그들은 중국 말을 하는 한국인이 와서 반가웠던지 메뉴에도 없는 여러 음식을 차려주었다. 남미의 화교들은 모국의 국제적 위상이 점점 높아짐에 따라 자신감도 높아진 것 같았다. 식당 종업원은 한국 드라마 〈별에서 온 그대〉를 무척 재미있게 봤다고 했다.

이튿날 비행기로 한 시간 걸려 갈라파고스 제도 발트라 섬에 있는 작은 공항에 도착했다. 공항은 세계에서 온 관광객과 취재진으로 붐볐다. 하늘에는 구름 한 점 없었다. 투어를 미리 신청해둔 나는 멤버들을 기다렸다. 이윽고 리더가 오더니 같이 여행할 사람들을 소개한다. 벨기에, 스페인, 폴란드, 미국, 캐나다에서 온 여행객들과 한 팀이 되어 일주일을 같이 지내게 되었다.

갈라파고스 제도는 모두 열아홉 개의 섬으로 이루어져 있다. 배를 타기 전에 마을을 둘러보았다. 다윈이 주목한 핀치 새가 바로 저 새일까 하며 이리저리 보는데, 책에서만 보던 거대한 육지거북이 어슬렁어슬렁 느린 걸음으로 기어온다. 수명이 150년 이상이라는 그 거북은 과거 식민지 시절에 단백질 섭취의 명목으로 거의 모조리 잡아먹혀 멸종 위기까지 갔으나, 지금은 보호되고 있다. 배가 출발하기 전 갑판에 앉아, 석양에 물든 항구의 물빛과 물개들이 뒤뚱거리며 항구로 올라오는 광경을 보았다. 이번 여행에서는 무엇을 배울 것인가? 나 자신도 진화를 거듭하여 어떤 환경에도 적응하며 살아나갈 것이라는 각오도 했다.

그런데 배가 작아 보인다. 오래전에 대형 유람선을 타고 알래스카와 카리브해를 여행한 적이 있던 터라 페루의 티티카카 호수에서 탄 배 말고는 이렇게 작은 배는 처음이다. 아니나 다를까, 밤이 다 되어 출발한 배는 두 시간이 지나자 흔들리기 시작했다. 세 시간이 흐른 다음에는 걷잡을 수 없이 흔들려 승객 대부분이 밖으로 나와 서로를 보았다. 나도 너무 고통스러워 배 기둥을 붙잡고 선 채 선장의 말만 기다렸다. 그때 내 머릿속에 노르웨이의 탐험가 토르 헤위에르달이 떠올랐다. 헤위에르달은 8,000킬로미터에 이르는 태평양의 긴 항해로를 작은 배 콘티키Kon-Tiki 한 척으로 건넜다. 그는 물고기를 낚아 먹고, 깜깜한 밤이 되면 자기 자신과 친구가 되어 바다의 험한 물살을 이겨냈다. 위험이 엄습할 때마다 용감하게 이성과 순응으로 죽음의 공포를 견뎌냈으리라.

나는 객실로 들어가 거듭 심호흡을 하며 불안을 쓸어내리고, 선장이 나눠준 수면제를 삼키고는 잠을 청했다. 내가 건너는 해역이 이른바 불의 고리의 한 부분이고 해일이 자주 일어난다는 사실은 자연에 맡겨두었다. 구명조끼가 어디에 있나 확인하고, 생존하려는 내 자유 의지와 주어진 운명에 자비를 비는 방법밖에 없었다.

다음 날 해가 뜰 무렵, 태평양은 언제 그런 풍랑이 일었냐는 듯이 고요하고 잔잔했다. 부엌에서는 아침 식사를 준비하는 냄새가 풍겨나오고, 식탁 주위에는 잠을 설친 승객들이 부스스한 모습으로 모여 앉았다.

세상은 참 좁다. 승객 중에 보스턴에서 온 여자 영화감독이 있었는데 말을 나눠보니 내 친구의 친구였다. 그녀의 얼굴만 봐서는 혼혈인일 줄 몰랐는데, 아버지는 하버드대학교의 유명한 물리학 교수이고, 어머니는 중국계였다. 딸과 함께 여행 중인 그 어머니는 어린 시절에 겪은 인종 차별 경험담을 이야기해주었다. 그 어려움을 이겨내는 한 방법으로 수영에 몰두했고, 마침내 대학교 대표 선수가 되었다 한다. 그녀가 들려준 용기와 노력은 나를 감동시켰다. 배가 섬에 정박했을 때다. 그녀는 중년의 나이에도 바닷물에 힘차게 뛰어들어 수영 실력을 보여주었다.

다음 날은 어떤 바다 동물도 사람을 두려워하지 않는 해변으로 갔다. 바다사자들은 새끼에게 젖을 먹이면서도, 사람들이 곁으로 와도 경계하지 않는다. 오히려 백사장에 앉아 있는 사람들에게 다가가 쳐다본다. 사람들이 물속에서 헤엄을 치면 자기도 따라서 헤엄을 친다. 해변에서 무리지어 움직이는, 몸길이가 1미터가 넘는 도마뱀 무리도 우리를 신기하다는 듯이 바라본다. 알에서 깨어난 지 몇 주 되지 않은 앨버트로스 새끼는 우리를 졸졸 따라온다. 이 보호 구역에서는 동물이 인간을 두려워할 필요가 없다는 것을 알고, 그 환경에 따라 본능도 변했나보다. 갈라파고스 제도에서 진화에 관한 여러 사실을 관찰하며 느낀 게 많았다.

런던으로 돌아온 나는 이제 논문 마무리에 매진해야 했다. 시간이 친구이면서 또한 적이었다. 하루 스물네 시간이 나의 것이되 그 스물네 시간을 몽땅 논문에 바쳐야 했다. 박사과정 학생은 대부분의 시간을 혼자 보내야 한다. 일어나면 어제 쓴 것을 읽어보고, 또 고치고, 밥 먹고, 또 쓰고, 읽고, 또 밥 먹고, 잠깐 산보를 한 다음 도서관으로 자리를 옮겨, 읽고, 쓰고, 고친다. 그러다보니, 만나는 사람들은 박사과정에서 같은 운명의 길을 걸어가는 동료 학생들뿐이었다. 그때 나는 도저히 시간을 내지 못해 그렇게 좋아하던 바로크 합창단도 그만두었고, 예전 동료들한테서 만나자는 연락이 와도 피곤하게 느껴졌다. 언제라도 나가서 함께 웃던 날들은 사라진 지 오래였다. 한국의 고3 수험생과 다른 게 하나 있다면, 내 돈을 써서 내가 하고 싶은 공부를 하는 것뿐이었다. 그렇지만 이 자유는 진정한 자유가 아닌 것 같았다.

돌이켜보면 그때 어떻게 하루 열 시간씩 논문만 붙잡고 앉아 쓰고 고치기를 반복했는지 믿기지 않는다. 심신을 온통 논문에 바치고 있자니 차차 몸에 영향이 왔다. 첫째, 눈이 침침해지더니 글자가 두셋으로 겹쳐 보였다. 만점에 가까웠던 시력이 갑자기 나빠진 것이다. 둘째, 소화 불량이 일어나더니 역류 현상으로 진전되었다. 이 현상은 젊은 클래스메이트에게도 흔히 발생하는 신경성 질환으로, 열심히 쓴 초안을 힘들여 고쳐야 할 때 자주 나타났다. 대상 포진을 앓는 친구도 있었다. 이런 고역을 겪으며, 습관을 바꿔야 한다고 생각했다.

몸은 무엇보다도 소중하다. 나는 밥을 먹고 나면 곧바로 책상으로 가던 습관을 버리고, 걷거나 아무것도 하지 않으며 쉬는 시간을 가지려고 노력했다.

그래서 그해 가을, 나는 스페인의 산티아고 순례 길을 걸으러 떠났다.

산티아고 순례길,
자신과 싸우고 화해하며 걷는 사람들

스페인 북서부 갈리시아 지방에 '산티아고 데 콤포스텔라'라는 도시가 있다. 예수의 열두 제자 중 한 사람인 야고보의 무덤이 있는 도시다. 산티아고 순례길은 이베리아반도 북쪽을 통과해 산티아고 데 콤포스텔라까지 가는 800킬로미터 순례길을 말한다. 2014년 11월 나는 스페인 북서부 도시 레온으로 가서 산티아고 순례길에 올랐다.

그 길을 지나는 동안 거의 날마다 비가 내렸다. 처음에 구릉을 따라 시작된 길은 언덕과 강물과 숲으로 이어졌다. 나는 배낭에 쿠키와 양말과 의료품을 넉넉히 챙겨 넣고 걸으며, 걷는 것이 인생사와 닮았다는 생각을 했다. 걷기를 멈추면 죽은 것이나 마찬가지였다. 걸으면서 여러 사람을 만났다. 독일에서 온 여자는 인생에 슬픈 이야기가 많았다. 폴란드에서 온 남학생은 인생에서 견뎌나갈 힘을 찾고 싶어 그 길에 왔다고 했다. 캐나다에서 온 젊은이는 얼마 전 헤어진 연인을 잊으려고 걷는다고 했다. 이렇게 여러 사람을 만나 같이 걸었지만, 또 다른 길이 나오면 헤어지기 마련이었다. 미련을 버리고 자기 갈 길을 가노라면, 또 다른 사람을 만나게 되고 다른 풍경이 눈앞에 펼쳐졌다. 이런 행위에는 아무런 경쟁도, 고집도 없었다. 그저 자신이 계획한 만큼 하루하루 자신의 길을 꾸준히 걷다가 사람을 만나고 헤어지고 또다시 혼자가 되는 과정의 반복이었다. 이렇게 하여 지난날을 돌아보고Reflect, 용서하고Fogive, 더 나은 자신을 만들어가는Foward 것이다.

그렇게 걷다가 해가 기울면 마을마다 있는 여행자 숙소auberge에 들러 하룻밤을 머문다. 순례길에 든 사람이 그날 하루 걸을 길을 다 걷고 쉬는 곳이다. 여러 사람이 섞여 있으니 처음엔 발 냄새, 땀 냄새가 역겹고, 코 고는 소리가 거슬렸다. 그러나 하루 이틀 지나다보니 그 환경에 익숙해졌다. 사실, 자기가 가야 할 매일의 여정을 생각하면, 다른 사람의 존재를 의식할 여유도 없다. 날마다 꼬박 20킬로미터를 걷는 고된 여정이었지만, 저녁의 즐거움도 빼놓을 수 없었다. 샤워를 해서 하루치 땀을 씻어내고 나면 마을 식당으로 가서 삶은 문어에 꼴뚜기튀김을 맛보았다. 강렬한 스페인 와인을 곁들인 돌에 구운 고기 몇 점도 꿀맛이었다.

나는 집을 떠날 때, 오래되어 구멍 난 검은색 하이킹 부츠 대신 좀 세련된 새 신발을 사서 신고 갔다. 그러나 발에 길들여지지 않은 새 신발을 신고 걸으면 고달플 수밖에 없다. 사흘째가 되자 걸음이 점 차 느려지면서 명상에 방해를 받았다. 그래도 강행군을 계속했더니 발톱에 검게 피가 맺히면서 살에서 떨어져 나오기 시작한다(결국 두 달 뒤에 발톱 두 개가 빠졌다). 새 신발을 사서 신고 온 나 자신이 우 둔하게 느껴졌다. 내가 이렇게 우둔한데 남에게는 도움이 될 리가 있나? 그 생각을 하고 난 뒤로는 타인에게 더욱 신경을 썼다. 한 사 람 한 사람이 세상에 태어나 다른 인생을 살다가 헤어진다. 남 탓할 것이 없다. 나 자신이 우둔한 생활을 하지 않으려 노력하면서 사회 의 강요에 휘둘리지 않아야 한다. 내 삶의 목적을 이루려 사는 것이 행복이요, 자기가 만족하는 사람이 되면 인생을 잘 산 것이 아니겠 는가? 맞지 않는 신발을 신고 낑낑대면서, 이제 인생에서 내게 맞는 신발을 신고 경쾌하게 걸어야겠다고 몇 번이고 되새겼다.

하루는 비가 심하게 내려 멈췄다 가는 수밖에 없었다. 이렇게 하 면 스케줄이 지체되지만, 내가 짠 스케줄이므로 언제라도 조정할 수 있다. 마침 마을의 한 가게 앞에 '한국 라면 있습니다'라고 쓰인 안 내판이 눈에 들어온다. 문을 밀고 들어갔다.

가게 안에는 장작불이 피워져 있고, 귀에 익은 남미 음악이 흘러 나왔다. 나보다 먼저 들어온 순례자 두 사람이 불을 쬐고 있다. 나는 꿀차를 주문하고 불 옆에 앉아 그들과 이야기를 나눴다. 산티아고 순례길에 오른 사람들은 너도나도 하고 싶은 이야기가 많은가보다. 한 사람은 멕시코인 의사인데 얼마전에 사고로 자식을 잃었단다. 스페인 서북쪽 산속에서 멕시코 엄마의 슬픈 사연이 쏟아지는 빗소리에 담겨 흘러나왔다. 사는 동안 행복한 순간과 슬픈 일이 반복해서 찾아올 텐데, 거기에 너무 얽매일 수는 없다. 언젠가는 사랑하는 사람들과 헤어져야 하는 것이 인간의 숙명이니까.

비가 그치자 다시 걷기 시작했다. 어두워지기 전에 다음 마을에 도착하려면 서둘러야 할 것 같았다. 내가 숲에 이르렀을 때는 어느새 땅거미가 내리고 있었다. 마음이 조급해지고 무서운 생각까지 든다. 사방에서 인기척이 느껴지지 않았다. 다시 돌아갈까 생각하다가 빨리 걷기로 했다. 그런데 숲길 옆에 몇 명이 밥을 먹은 흔적이 보인다. 전에 신문에서 읽은 숲속 강도 사건 기사가 떠올라 식은땀이 흘렀다. 만약 강도들이 지금 여기 근처에 숨어 있다면 고스란히 당한다고 생각하니 뛰는 수밖에 없었다. 더욱이 통신망에 휴대폰도 연결되지 않아서 더욱 초조해졌다. 나는 좀 험하지만 숲을 가로지르기로 결심하고, 나무 사이를 헤치며 저 멀리 자동차 불빛이 보이는 방향으로 있는 힘껏 달렸다. 20여 분을 숨차게 달려가니, 자동차가 다니는 도로가 나왔다. 사방은 벌써 깜깜해졌다. 나는 차가 오는 반대편으로 건너가 한숨을 돌렸는데, 시골길이라서 그런지 이제는 도로의 가장자리가 없어졌다. 불빛을 봐가면서, 차가 오지 않을 때를 기다리다 다시 뛰고, 또 기다리면서, 그날 저녁 목적지에 도착했다. 공포에 떨었지만 무사히 잠자리에 든 것이 한없이 다행이었다.

마지막 날에 지나간 곳은 밤이 넘쳐나는 곳이었다. 떨어진 밤이 땅에 수북한데, 밤을 주우려는 사람은 좀처럼 보이지 않았다. 그러다가 머리가 하얗게 센 할머니가 광주리에 밤을 주워 담는 모습이 보였다. 다가가 인사말을 건네니 할머니도 반갑게 인사를 한다. 할머니와 나는 잔디밭에 앉아 잠시 이야기를 나누었다. 할머니는 1936년에서 39년까지 일어난 스페인내전을 기억하고 있었다. 전쟁이 끝나고 결혼하여 남편과 사이좋게 지냈으나 프랑코 독재 치하의 공포는 할머니의 삶에도 그림자를 드리웠다. 자식 손자 이야기, 남편을 잃었을 때의 슬픔 등, 가득 찬 밤 광주리같이 이야기가 쌓이고 쌓인다. 하지만 그 많은 일을 겪고도 할머니는 아주 굳세 보였고, 미소와 웃음을 금세 회복했다. 할머니는 내가 떠나기 전에 '행운Buena Suerte'을 빈다며 밤을 한 움큼 쥐어주었다. 내 겨울 외투 속에는 아직도 그 밤들이 있다.

드디어 산티아고에 도착했다. 출발한 날짜로부터 15일이 지났다. 순례길은 성 야고보의 유해가 안치된 산티아고 데 콤포스텔라 대성당을 방문하는 것으로 막을 내린다. 하늘에는 다시 해가 나와 무더워지기 시작했다. 나는 잘 도착했다는 기쁜 마음으로 성당으로 들어갔다. 떠나온 나라와, 출발한 장소와, 앞으로 갈 곳이 각기 다른 순례자들은 조용히 성당을 참배했다. 먼저 왔다고 즐거워하는 사람도 없고, 한 발 늦었다고 슬퍼하는 사람도 없었다. 모두 자신과 싸워 승리한 사람이었다.

기다림의 시간

현대 사회에서 직업은 그 사람의 정체성, 사회에서의 위치, 인간관계의 신뢰도, 나아가 개개인의 철학까지도 그 의미가 부여된다. 직업이 그렇게 중요하기 때문에, 어떤 사회에서는 사회적으로 '존경'받는 직업이 아니라면 직업이라고 인정하지도 않는다.

직업을 둘러싼 보수적인 시각도 만만찮다. 한국에서는 '한 우물만 파라'는 말을 맞는 말로 여긴다. 그래서 생활이 이미 안정되고 돈을 잘 버는데도 직업을 바꾸려 하는 사람이 있다면 그 사람을 '이상하게' 생각한다. 한 우물만 파라는 말은 싫증이 났어도 계속 그 우물을 파서 물을 길으라는 말이며, 샘이 바닥났는데도 계속 파들어 가라는 말이다. 그러면 궁극적으로 이익을 보는 사람은 누구일까? 그렇게 파낸 물을 돈 주고 사서 마실 능력이 있는 사람, 여기저기 우물 자리를 파놓은 사람, 운 좋게 수질 좋은 우물을 잡아 그 물만으로도 안정을 누리는 사람들이다. 한 우물을 파라는 명제를 주입하는 사람은 그렇게 이익을 본 사람들이다. 프랑스 철학자 미셸 푸코도 비슷한 설명을 했다. 사회에서 우리가 접하거나 교육받은 담론에는 사회가 요구하는 여러 힘이 '모르게' 작용하고 있다고.

나는 앞으로 살아나갈 생활 철학을 재구성하기로 결심했다. 내 삶에는 나 자신의 결정을 포함해 사회 구조, 교육, 가족 등 모든 면이 얽혀 있다. 그 하나하나를 스스로 따져보고 선택하기로 했다. 이런 삶의 방식이 행복과 더 가까워진다고는 할 수 없으리라. 그러나 나는 내가 왜, 어떤 일을 하고 있고, 그것이 나와 사회에 어떤 의미가 있는지 알고 싶었다. 도살장에 끌려가면서도 믿고 따르는 고삐의 소들이나, 몇 분 안에 팔려가 카레의 재료가 될 뭄바이의 발 묶인 오리나, 자기 몸을 살찌우는 사료가 죽음을 더 빨리 재촉한다는 사실을 모르고 더 많이 먹으려 싸우는 돼지가 되지 않으려면 이런 노력이 필요하다. 그러자 여러 사회현상을 이해하는 안목이 더 깊어지고 비판적인 시각이 다듬어졌다. 잊지 말아야 할 것은, 대중 속에서 생존하려면 대중이 원하는 얼굴도 가져야 한다는 점이다. 또한 사회적 조건 탓에 고통을 겪는 사람들을 향해 친절한 마음을 잃지 않아야 한다.

눈도 아닌 서리가 끊임없이 내리는 런던에서 마무리 단계에 이른 논문을 수정하고 또 수정하며 그 겨울을 보냈다. 봄은 뉴욕에서 맞고 싶었다. 그래, 뉴욕대 도서관에서 새로운 정신으로 논문을 마무리하자.

2015년 2월, 뉴욕으로 날아갔다. 게이코가 반갑게 맞아주며 이제 내가 학생이니 점심을 사겠다고 한다. 예전에 자주 가던 40번가의 작은 식당으로 갔다. 눈보라가 한바탕 몰아친 뉴욕의 거리는 엄청나게 추웠다. 게이코는 내가 늘어놓는 논문 이야기에 귀를 기울이긴 했지만, 자기 일이 아니어서인지 큰 흥미를 보이지는 않았다. 그래도 내가 하는 일이니 격려를 해준다.

점심을 먹고 센트럴파크 북쪽으로 쭉 걸어가니, 날씨가 매섭긴 해도 봄이 움트고 있었다. 얼어붙은 나뭇가지들이 싹을 틔우려 온갖 힘을 짜내는 소리가 들리는 듯했다. 내 노력도 저 싹처럼 다음 단계의 꽃을 피우는 노력이라 생각했다.

날씨가 좀 풀릴 무렵, 논문을 마무리해 제출했다. 이제 심사 날짜를 기다리는 일만 남았다. 기다리는 것은 지루하지만, 인생 모든 것이 기다림의 연속이다. 식당에 가서는 음식을 주문하고 기다리고, 횡단보도에서는 녹색 신호등이 켜지기를 기다리고, 지하철이 어서 오기를 기다리고, 비행기가 목적지에 도달하기를 기다린다. 그렇게 기다리는 이유는 단 하나. 다음 단계에 신나는 일이 일어날 것이라는 기대와 희망이 있어서가 아닐까? 그래, 기다리는 시간을 즐기자.

논문을 제출하고 그다음 주에 파나마로 갔다. 중국인들은 파나마에도 일찍부터 자리 잡았다. 일본인도 세력이 있어 일본인이 지은 근대식 어시장이 꽤 크다. 나는 파나마 운하를 보고 싶었다. 태평양에서 파나마 운하를 거쳐 대서양에 닿는 데는 약 여덟 시간이 걸린다. 파나마 운하는 수에즈 운하를 만든 프랑스 기술자들이 건설하기 시작했으나, 말라리아 등 풍토병에 걸려 중도에 다 철수한 뒤, 미국이 그 뒤를 이어 완공했다. 얼마나 많은 사람이 목숨을 잃으면서 이 운하를 만들었을까 생각하며, 운하가 잘 보이는 앞자리에 앉아 큰 배가 들어오는 모습을 보니 장관이었다. 이 땅도 원래는 콜롬비아 영토였다. 자기 영역을 차지하려고 싸우는 사자와 같이, 세계 어디를 가나 영토 분쟁은 존재와 번영과 늘 함께한다는 생각이 들었다.

진정한 영혼을 찾다

파나마에서 뉴욕으로 돌아오니 디펜스defense라고 하는 학위 심사 날짜가 두 달 뒤로 잡혀 있었다. 이제 런던으로 가서 심사에 대비해야 할 시간이었다. 날마다 보고 또 보며 수정한 내 논문이라도, 다시 보면 늘 새롭다. 이제부터는 정말 정신 차려서 내가 쓴 글을 정독할 시간이다.

논문 심사일, 런던에는 비가 억수같이 쏟아졌다. 오랜만에 양복을 입고 넥타이를 맸다. 이윽고 심사관이 들어왔고, 말할 권리가 없는 내 지도 교수들은 내 뒤를 지키고 있다. 보통 두 시간 반 걸린다는 심사가 세 시간 반이 넘도록 계속되었다. 내 식도는 긴장을 이기지 못하고 역류를 시작했다. 심사관들은 내가 논지 전개 과정에서 너무 많은 사회학 이론을 도입했다고 지적했다. 처음에는 반론을 펼치고 싶었으나, 심사관들이 말하는 것을 잘 듣기만 하자고 나 자신을 타일렀다. 심사관들은 동원한 사회학 이론들을 빼고 좀 더 많은 역사적 사실을 도입하라고 의견을 모았다.

그 뒤 몇 달은 가장 어렵고도 기나긴 나날이었다. 이미 눈의 망막에까지 인쇄될 만큼 읽고 또 읽은 논문을 다시 읽고 수정하는 과정을 반복했다. 이 일을 할 사람은 나 혼자밖에 없었다. 친구도, 부모도 도와줄 수 없고, 나 혼자 걸어가야 하는 외로운 길이었다. 그러나 모든 위대한 예술 작품이 그렇듯이 진정한 영혼을 담으려면 혼자가 되어야 한다. 세상 사람 중에서 자기 자신과 가장 친한 친구가 되어야 한다. 나는 혼자서 해내는 일에는 두려움이 별로 없다. 뉴욕에 처음 도착한 날부터 그런 정신을 길러왔다. 35년 전 뉴욕 그랜드센트럴 역에 가방 두 개를 들고 도착한 날을 돌이켜본다. 여러 아르바이트를 해야 했고, 노력하며 기다리면 언젠가는 기회가 온다는 확신으로 살았다. 지금 학위 논문을 쓰는 것도 내가 선택한 일이고 내 자유 의지를 실현하는 과정이라고 마음을 먹으니, 논문을 보는 마음이 다시 가벼워졌다.

나는 초심으로 돌아가 매일 도서관으로 출근해 논문을 고쳐나갔다. 맨 처음 논문을 쓸 때 내가 쓰고 싶은 방식으로 쓴 것이 실수였다. 이제는 연구 주제의 범위 안에서 조심스레 논지를 펼쳐 나갔다.

그러고 보면 실수는 인생에서 배우는 소중한 기회다. 그러나 같은 실수를 반복한다면 그것은 바보다. 오로지 나 혼자 책임을 지고 이 길을 가야 한다는 생각이 머리를 떠나지 않았다. 나는 이제 내 의견을 고집하기보다는 타인의 의견을 잘 알아듣고 유연하게 받아들이는 사람이 되었다. 드디어 내가 봐도 만족할 만한 상태가 된 논문을 다시 제출했다.

사람은 어려운 과정을 거치고 나면 한 뼘 더 성장한다. 이제 내 시간이 올 것이라고 믿으며 스스로를 단련하는 인내심도 길러졌고, 내 실수를 인정하는 겸허함도 길러진 것 같았다. 인생에는 진정한 실패는 없는 것 같다. 시도하는 과정에서 무엇인가를 배우고, 같은 실수를 반복하지 않으려 애쓰면 되지 않겠는가? 또 결과를 받아들이고 만족하는 마음을 키우면 된다. 사람 마음은 시간이 흐르면 바뀌게 마련이니, 그렇게 간절히 원하던 학교나 직장, 연인도 시간이 흐르면 그렇게 목을 맬 만큼 중요한 것은 아니었음을 깨닫게 된다.

생명체는 도태하지 않으려면 끊임없이 진화해야 하고, 환경에 유동성 있게 대처해야 하며, 자기 도그마에 빠지지 않아야 한다. 한 가지 기억해야 할 것은, 물은 얼음이 되건 수증기가 되건 간에 본질이 변하지 않듯이, 우리도 자기 삶의 목적을 설정하고 걸어 나가면 된다는 것이다. 사람마다 가는 길이 다르고 방향도 다르다. 그렇기에 경쟁에 휩쓸리기보다는 자기가 갈 방향을 생각하고, 과거의 자기를 극복하려 노력해야 한다. 자신이 정말로 좋아하는 바로 그 사람이 되기까지는 긴 시간과 엄청난 인내가 필요하다. 이처럼 날마다 자신의 힘을 쏟아야 좋은 운도 찾아온다.

이렇게 인생 공부를 하고 있을 때 논문이 통과되었다는 기쁜 소식이 왔다. 가장 먼저 게이코에게 전화를 걸었다. 게이코가 특유의 소리를 내며 기뻐한다. 뉴욕 친구들과 차이나타운에서 딤섬 먹을 때 이야기할 화제가 하나 더 생긴 것 같았다. 이렇게 기쁨을 나눌 친구들이 있다는 것이 무척이나 행복하다. 그러나 인생은 단거리 경주가 아니라 마라톤과 같아서 기쁨은 잠시, 그다음 해야 할 일들이 꼬리를 물고 따라온다.

세상에는 어떤 일이든 일어날 수 있다. 이 모든 것이 우리에게 리스크로 작용할 수 있다. 이때 '아이고, 이런 일이 왜 나한테 일어났나' 한탄하기보다는 '내가 인식하지 못한 무엇이 위기의 원인이 되었나' 질문하는 것이 낫다. 남이 먼저 밟은 길을 조심해서 따라간다면 안전하기는 할 것이다. 그러나 그렇게 따라가기만 하면 자신이 진정으로 원하는 것을 알지 못한 채 삶이 끝난다. 나는 내가 하고 싶은 일이 무엇인지 늘 생각했다. 결코 직선적으로 흘러가지 않는 인생에서 상상하지 못한 일이 터졌을 때는 계획을 수정하고 조정했다. 이제 내게는 새롭게 할 일이 생겼다. 국제 저널에 논문도 발표해야 하

고 강의에 필요한 교안도 만들어야 한다. 이제 연구자이자 교육자가
되어 맞이할 새로운 일들이 즐거운 도전으로 다가왔다.

거의 30년 만에 밟아보는 모교의 교정이다. 지나가면서 외국어로 이야기하는 학생들도 많고, 얼굴을 봐서도 외국인 학생들이 많다. 학생들이랑 자연스럽게 이야기하는 흰 머리의 총장님도 인상적이다. 세계 여러 나라에서 교환 학생들이 요즘은 한국 대학에 많이 공부하러 오나 보다. 한국 학생들도 영어 강의에 익숙한 것 같다. 동아시아의 근대화를 분석하는 수업 시간에는 정치경제는 물론이고, 언어적 측면도 보고, 문화적 측면에서도 보아야 하기 때문에 질문도 많고 답도 다양할 수밖에 없다. 한 학생이 주장한 조공 국가와 식민지 제도의 역할도, 민족주의에 대한 긍정적인 측면과 부정적인 측면에 대한 찬반의 대립도 일리가 있고, 이것들 모두가 지적으로 성장한 지금 대학생들의 일면을 보여준다. 각자 옷 입는 성향이 다르듯이 역사적 한 이슈에 대한 생각도 다양하다.

강의를 마치고 가게와 식당이 즐비하게 들어선 대학가를 천천히 걸어가고 있었다. 수업 시간에 본 안경 쓴 한 한국 학생이 맞은편에서 인사를 꾸뻑한다.

"아, 여기 근처에 사니?"

"네, 지방에서 올라와 자취를 하고 있어요."

"수고한다. 졸업하고 무엇을 하고 싶으니?"

"네, 대학원에 가서 더 연구를 하고 싶은데 미래가 불확실해, 행정 고시도 같이 공부하고 있습니다."

"너무 힘이 들겠다."

그 뒤 나는 할 말을 잃었다. 이 불확실한 시대를 살아나가야 하니 두 가지 모두 옳은 것 같았다. 즐거워야 할 청춘을 희생하는 젊은 얼굴이 참으로 안쓰러웠다.

"그래 열심히 공부하고 질문이 있으면 찾아와서 물어라."

마침 또 건너편 마트를 나오던 일본인 유학생이 머리 숙여 인사한다.

"아, 한국 생활 재미있니?"

"네, 새 친구들도 만나고……."

"어디서 왔니?"

"도쿄의 기치조지입니다."

"아, 요즘 매우 젊은이에게 인기인 지역에서 왔네. 계속 동아시아 근대사를 공부할 예정이니?"

"아니에요. 일본에서 배우지 못한 것만 배우고, 졸업 뒤에는 대기업에서 오퍼가 들어왔기 때문에 거기서 일할 예정입니다."

"아, 참 좋은 생각이다. 있는 동안 재미있게 열심히 지내라!"

대화의 내용과 톤이 아까보다 훨씬 밝아졌다. 한 학생은 현실의 걱정 속에 자신을 잡아매고 있고, 한 학생은 현재의 경험과 미래의 그림을 다 같이 즐기고 있었다. 일본은 졸업생마다 서너 개의 취업 오퍼가 기다리고 있다는 신문 기사가 생각났다.

교수 기숙사 언덕을 올라가는데, 키 큰 백인 여학생이 "하이!" 하고 손을 흔든다. 항상 화장을 깔끔하게 하고 머리 매무새를 다듬고 수업에 들어오는, 미국 오리건주에서 온 생화학 전공 학생이다.

"하이, 곧 추수감사절인데 집이 그립겠구나."

"네, 조금요. 크리스마스보다 추수감사절 때 가족이 더 보고 싶어요."

"동아시아 근대사가 전공이 아니라서 외워야 할 내용이 많을 텐데. 문화 차이도 많고……."

"네, 하지만 재미있어요! 몰랐던 것을 하나하나 알게 되는 즐거움이 커요."

"졸업하고는 뭐 할 건데?"

"미국으로 돌아가서 대학원에 진학하려고요. 아니면 다른 것 해도 되고요."

"아, 그렇구나. 요번 주말은?"

"친구들이랑 홍대에 놀러 가요."

"그래, 주말 잘 보내라."

발걸음이 다소 무거워졌다. 한국, 일본, 미국 세 학생의 현실 차이가 컸기 때문이다. 신나게 놀고 재미있게 배워야 할 시기에 한국 학생들은 미래만 바라보며 현재를 희생하고 있다는 생각이 들었다. 이것은 환경 때문일까, 아니면 타성과 두려움 때문일까?

아이슈타인이 말했듯이, 나무를 잘 타는 것을 가지고 물고기를 평가할 수 없듯이, 자기만의 능력을 남이 승인해주기 전에 자기가 먼저 인식하는 것이 참 중요한 것 같다. 다행히 모든 사람들이 한 가지는 잘하는 능력을 갖고 태어나는 것 같다. 나는 언어를 무척 좋아했다. 대학 시절 때는 빨리 정원이 차는 이유로 새벽에 줄을 서야만 했던, 신세계백화점 옆 골목에 있는 프랑스문화원 어학 과정에 등록했다. 대학교 3학년이 되자 프랑스어로 대화할 만한 수준이 되었고, 러시아어와 영어도 곧잘 했다. 그때는 프랑스어, 러시아어 노래가 좋아서 원어로 노래도 많이 불렀다. 그러나 미래에 어떤 일을 해야 할

까에 대해서는 미지수였다. 그때는 해외 직장에 대한 정보도 거의 없었다. 나는 대학교 때 통역 요원으로 국제회의에서 몇 번 일한 경험밖에 없었기 때문에 막연히 동시통역사가 제일 마음에 드는 것 같았다. 그때부터 그 꿈을 이루기 위해 무엇을 어떻게 해야 할지 계획을 세웠다. 계획이란 단어는 애매모호하다. 일종의 환상이 되기도 쉽다. 하지만 '구체적인 계획'보다는 인생의 포물선의 방향 설정이랄까, 막연하지만 나중에 수정을 해야 할지라도 '어떤 것을 어디에서 하고 싶은데……' 하는 정도의 생각은 필요했다. 나는 그때 인원이 적은 러시아어 동시통역사가 단연 장래가 있을 것이고, 지역은 UN이 위치한 뉴욕이 좋겠다, 라는 큰 그림을 그려보았다.

하지만, 현실에 당면해서 그 설계도를 매번 조금씩 고쳐 나가야 했다. 남들과의 거리를 유지하면서 그들과 비교하지 말고 내가 정해놓은 인생 코스를 나만의 페이스로 갔다. 때로는 뛰고 때로는 걸으며 주체 못하는 가속도는 줄이기도 했다. 또 너무 고생해서, 그 고생의 이유가 나의 인생 방향과 일치하지 않는다는 결론에 이르렀을 때는 과감히 그만뒀다. 그러면서 갑작스레 이 세상과 결별해야 했던 친구들을 머릿속으로 떠올리곤 했다. 세상을 떠날 때는 다른 사람에 대한 경쟁심, 질투도 소용없고 하기 싫은 일들을 굳이 해온 것도 의미가 없다. 남에게 해가 되지 않으면서, 자기 자신이 얼마만큼 행복하게 만족하게 살아왔는지가 더 중요하지 않을까. 인생에서 모두

가 시간과 공간이라는 제약을 받지만, 그 시간과 공간 사이에서 체득할 수 있는 경험은 무한하기에 그 경험을 통해 자신이 무엇을 배울 수만 있으면, 좋고 나쁜 경험의 차이는 그다지 크지 않다. 짧은 주어진 시간 속에서는, 현실에 충실하되 자신이 몸담고 있는 편한 공간을 항상 뛰어넘는 노력이 필요하다. 그리고 주어진 짧은 시간에 말다툼을 하지 말고 유머로 대처하며 말다툼의 원인을 줄이는 노력도 필요하지 않을까. 나는 시간이 날 때마다 사람, 친구, 책, 옷, 구두 등을 정리하면서 언제나 떠날 준비를 하고 있다. 그렇지 않으면 가끔씩 친구에게 간절히 부탁하는 노마디스트의 버릇이 나온다.

"요번에 가방 하나 네 집에 남겨두고, 다음에 픽업해도 되니?"

계절의 변화가 참 놀랍다. 끝나지 않을 듯한 무더위가 허무하게 사라지다니. 이제는 아침저녁으로 부는 선선한 바람에 기온마저 떨어져서, 햇볕이 드는 카페의 자리를 찾게 된다. 이렇게 변화하는 계절에 따라 우리들의 활동도 반복을 하면서, 세월이 말없이 흘러가나 보다. 내가 살아온 만큼 이런 계절의 바뀜을 몇 십 번은 경험했을 텐데, 매년 대할 때마다 새롭다.

오늘은 이런 풍경을 보면서 '올해는 내가 어떤 새로운 것을 배웠나, 조금 더 내 생활에 만족하는 지혜를 터득했나, 또 젊은 사람들과 어떤 공감대를 나눴나' 라는 생각을 하면서 강의실로 향했다.

5개국에 집을 두고
일하고 공부하고 여행하는
나는 노마디스트

© 손켄 2018

초판 발행   2018년 10월 10일

지은이   손켄
펴낸이   김정순
편집인   고진
편집   고진 이근정
디자인   김진영
마케팅   김보미 임정진 전선경

펴낸곳   (주)북하우스 퍼블리셔스
출판등록   1997년 9월 23일 제406-2003-055호
임프린트   북루덴스
주소   04043 서울시 마포구 양화로 12길 16-9(서교동 북앤빌딩)
전자우편   editor@bookhouse.co.kr
홈페이지   www.bookhouse.co.kr
전화번호   02-3144-3123
팩스   02-3144-3121

ISBN   978-89-5605-981-5 03810

이 도서의 국립중앙도서관 출판도서목록(CIP)은 서지정보유통지원시스템 홈페이지(http://seoji.nl.go.kr)와
국가자료공동목록시스템(http://www.nl.go.kr/kolisnet)에서 이용하실 수 있습니다.
(CIP제어번호: CIP2018029706)